블렌더 3D와 AI 원더 스튜디오를 활용한 영상 제작 마스터 플랜

초판 인쇄 2024년 4월 15일
초판 발행 2024년 4월 15일

출판등록 번호 제 2015-000001 호
ISBN 979-11-983257-7-8 (03800)

주소 강원도 횡성군 횡성읍 송전로 209 (고즈넉한 길)
도서문의(신한서적) 031) 942 9851 팩스 : 031) 942 9852
도서내용문의 010 8287 9388
펴낸 곳 책바세
펴낸이 이용태

지은이 김민주
기획 책바세
진행 책임 책바세
편집 디자인 책바세
표지 디자인 책바세

인쇄 및 제본 (주)신우인쇄 / 031) 923 7333

+ 블렌더 3D와 AI가 만나다

김민주 지음

블렌더 3D 와
AI 원더 스튜디오 를
활용한 영상 제작
마스터 플랜

3D 비전공자도 가능한

SFX 영상·3D 애니메이션·합성
딥페이크·모션 캡처·리타겟팅
언리얼 엔진·유튜브 숏츠 제작

*책바세

프롤로그

AI를 통해 누구나 가능하게 된 CG 그래픽 영상 시대

"반지의 제왕"과 "아바타" 시리즈와 같은 명작들을 통해, 컴퓨터 그래픽(CG)은 이미 대중적인 관심을 받으며 사람들의 인식 속에 깊이 자리 잡았다. 이러한 작품들은 CG의 경이로움을 선보이며, 그 잠재력을 널리 알렸다. 하지만, 누구나 접할 수 있는 이 기술이 비싼 비용과 복잡한 제작 과정으로 인해, 특히 소규모 영화 산업체에서는 접근하기 어려운 기술로 여겨져 왔다. 이러한 문제를 해결하기 위해 등장한 AI 기반 플랫폼 '원더 스튜디오'는 CG의 한계를 극복하고, 현재 1인 미디어 시대에 적합한 다양한 분야에서 활용될 수 있는 새로운 가능성을 열어줄 것으로 기대된다.

원더 스튜디오의 사용은 단순히 CG 제작에 국한되지 않는다. 이 플랫폼을 통해, 사용자는 영상 속 배우의 움직임을 정밀하게 분석하여 모션 캡처 데이터를 쉽게 획득할 수 있다. 이러한 기능은 영화뿐만 아니라 애니메이션, 게임 개발 등 다양한 콘텐츠 제작에 있어 큰 이점을 제공한다. 최근 트렌드인 버츄얼 영상 제작에도 원더 스튜디오는 이상적인 솔루션이 될 수 있으며, 모션 캡처 장비 없이도 높은 정밀도의 모션 데이터를 제공받을 수 있다는 점에서, 디지털 산업 전반에 걸쳐 혁신적인 변화를 기대하게 한다.

이 책에서는 AI 기반 플랫폼인 원더 스튜디오를 활용한 CG 캐릭터 제작을 중심으로, 블렌더 3D 프로그램의 사용법을 상세히 설명한다. 블렌더는 오픈 소스 라이선스 하에 무료로 제공되며, 사용자 친화적인 인터페이스와 함께 모델링, 애니메이션, 비디오 편집 등 다양한 기능을 지원하는 것으로 인정받는다. 이 도서는 블렌더와 원더 스튜디오의 결합을 통해 창작 과정에서의 가능성을 넓히고, 실무적인 접근법을 제시한다. 배움에서 멈추지 않고 응용하여 AI 기술을 통한 수익 창출까지 고려하는 독자들에게 실질적인 가이드가 되는 귀중한 지침서가 될 것이다.

김민주 저자 ekfkag83721@gmail.com

본 도서는

블렌더 3D와 AI 원더 스튜디오를 활용한 영상 제작 마스터 플랜에 대하여

PART 01

원더 스튜디오의 기본적인 소개와 함께, 이 플랫폼의 핵심 기능과 제한 사항에 대해 배울 것이다. 또한, 원더 스튜디오의 인터페이스를 탐색하고 기본적인 사용 방법을 익힐 것이며, 프로젝트의 내보내기 유형과 구독 플랜의 종류 및 기능에 대해서도 알아볼 것이다. 학습 후 사용자는 원더 스튜디오를 어떻게 활용할 수 있는지에 대한 명확한 이해를 바탕으로, 플랫폼을 효과적으로 사용하는 데 필요한 기반을 마련해 줄 것이다.

PART 02

라이브 액션 비디오 편집, AI 모션 캡처 프로젝트, 렌더 설정 방법 등, 보다 심화된 원더 스튜디오의 기능들을 배울 것이다. 이 부분에서는 다양한 프로젝트 유형에 따른 구체적인 작업 흐름과 영상 편집, 액터 할당, 그리고 블렌더와의 연동 방법 등을 다룰 것이다. 학습 후 사용자는 원더 스튜디오에서 가능한 다양한 창작 활동에 실제 프로젝트에 이 기능들을 적용하여, 보다 전문적이고 섬세한 작업을 완성하는 능력을 기를 수 있을 것이다.

PART 02

원더 스튜디오를 사용하여 구체적인 창작물을 만드는 과정에 대해 배울 것이다. 이에는 나만의 CG 캐릭터 만들기, 유튜브 숏츠 제작, 게임용 캐릭터 파일 내보내기, 그리고 언리얼 엔진 5에서 실행시키는 방법 등이 포함된다. 또한, 블렌더를 사용한 캐릭터 모델링, 텍스처링, 리깅에 대한 지식도 포함된다. 학습 후 사용자는 자신의 창작 아이디어를 실현하고, 다양한 플랫폼에 맞는 콘텐츠를 제작하는 데 필요한 실용적인 기술을 습득할 것이다.

학습자료 활용법

보다 효율적인 학습을 위해 [책바세.com] 웹사이트에 접속해서 해당 도서의 학습자료 파일을 다운로드받아 활용한다.

학습자료 받기

학습자료를 활용하기 위해 ❶[책바세.com] 웹사이트에 접속하여 ❷[도서목록] 메뉴에서 [해당 도서]를 찾은 다음 표지 이미지 하단의 ❸[학습자료받기] 버튼을 클릭한 후 열리는 구글 드라이브에서 ❹❺[다운로드] ➡ [무시하고 다운로드]받아 학습에 사용하면 된다.

학습자료 폴더 살펴보기

압축을 푼 학습자료 폴더에는 원더 스튜디오와 블렌더 3D에서 학습할 수 있는 동영상 파일과 작업
프로젝트 파일들이 포함되어 있어 학습을 보다 쉽게 따라 할 수 있다.

 [Part 01-04. 프로젝트 유형 살펴보기] 과정에서 사용하는
예제용 영상 자료가 포함된 폴더이다.

 [Part01-06.캐릭터 업로드하기] 과정에 사용하는 예제용
캐릭터 모델 파일들이 포함된 폴더이다.

 [Part01-06.캐릭터 업로드하기] 과정에서 필요한 에드온
파일의 압축 파일이다.

 [컬러판 PDF 도서] 책 속에 있는 그레이스일(흑백) 이미지
중 컬러로 보면 더 좋은 부분을 컬판 이미지로 볼 수 있도록
구성된 도서이다.

목차 (Contents)

PART 02 ▶ **PART 02 원더 스튜디오 이용하기 · 064**

01

원더 스튜디오
들어가기

현대 영화 산업에서 CG의 현실감은 관객들을 놀라게 하며, 때로는 그 경계가 현실인지 가상인지 구분하기 어려울 정도로 발전했다. 이러한 고품질 CG 제작은 그만큼 높은 비용과 복잡한 제작 과정을 수반하며, 이는 산업에 진입하고자 하는 이들에게 상당한 장벽으로 작용해 왔다. 그러나 AI 기술의 발전은 이러한 상황에 혁명을 일으키고 있다. AI가 그림을 그리고 3D 모델을 생성하는 시대, CG 제작에 있어서도 더 이상 불가능이란 없다. 이제 "원더 스튜디오"의 세계로 당신을 초대해 본다.

BLENDER 3D &
wonder studio

01

원더 스튜디오는 어떤 소프트웨어인가?

원더 스튜디오(Wonder Studio)는 원더 다이내믹스(Wonder Dynamics)에서 2023년 3월 9일에 출시한 웹 기반 AI 플랫폼으로, 비싸고 복잡한 소프트웨어와 모션 캡처 장비를 사용하지 않고도 쉽게 CG(컴퓨터 영상 그래픽)를 구현할 수 있다. 특히 웹 기반 플랫폼이기 때문에 CG를 표현하기 위해 필요한 고성능 CPU, 그래픽 카드 등의 하드웨어가 필요하지 않다는 점이 가장 큰 장점이다. 또한 AI 기능까지 더해져 번거로운 CG 작업이 불편하거나 어려웠던 이들에게 많은 도움을 준다. AI에 대한 많은 플랫폼들이 엄청난 관심을 받고 있는 상황에서 출시된 지 얼마 안 된 플랫폼이기에 단점이 빠르게 보완되며 업데이트가 수시로 이루어진다. 이를 통해 추후 더 다양한 작업 및 완벽한 CG 처리에 가능성을 볼 수 있다.

원더 스튜디오의 핵심 기능

- 비싼 하드웨어와 3D 소프트웨어 또는 모션 캡처 장비가 필요하지 않다.

- 자동으로 컷을 감지하고, 해당 씬에서 배우를 자동 추적할 수 있다.

- VFX 작업의 80~90%를 자동화로 이루어진다.

원더 스튜디오의 제한사항

- 원더 스튜디오는 데스크탑과 노트북 브라우저를 통해 실행되는 클라우드 기반 플랫폼이기 때문에 현재 Chrome과 Safari 브라우저만 지원된다.

- 원더 스튜디오는 .mp4와 .mov 비디오 형식만 지원한다.

- 원더 스튜디오의 프로젝트에서 처리할 수 있는 비디오의 최대 길이는 2분이다.

- 원더 스튜디오에 업로드한 영상은 편집이 불가능하다. 때문에 원더 스튜디오에서 작업을 시작하기 전에 영상 잘라내기 또는 다듬기 등의 기타 편집 작업을 미리 완료해야 한다.

- 원더 스튜디오에서 업로드된 동영상의 최대 촬영 수는 15개이다.

- 원더 스튜디오는 배우의 신체가 거의 보이지 않으면 정보 부족으로 인해 제대로 처리되지 않을 수 있다.

- 원더 스튜디오는 배우가 배경에 있는 다른 객체에 의해 부분적으로 가려진 경우, 가려진 신체 부위에 대한 모션 캡처 결과가 정확하지 않을 수 있다.

- 현재 원더 스튜디오는 사람이 객체와 상호 작용할 때, 해당 동작이나 객체가 정확하게 표현되지 않을 수 있다.

이처럼 원더 스튜디오는 신설 플랫폼이기 때문에 완벽하다고 하기에는 거리가 먼 부분이 많다. 하지만 금액대가 높은 CG 처리 작업에서 저렴한 가격으로 편리하게 작업을 할 수 있다는 점 만으로도 자금이 부족한 기업 또는 개인이 사용하기에는 기대치를 충족한다고 생각한다. 제한 사항에 대한 내용은 원더 스튜디오의 본 사이트 내에서 더 자세히 살펴볼 수 있다.

https://help.wonderdynamics.com/working-with-wonder-studio/getting-started/platform-limitations

🗨 원더 스튜디오는 어디에 사용되나?

원더 스튜디오는 AI가 영상을 인식하여 CG 처리를 할 수 있는 플랫폼으로, CG를 많이 이용하는 영화 사업에서 가장 큰 효과를 볼 수 있다. 하지만 플랫폼을 직접 사용해보면 영상에 CG를 입히는 AI 기술 외에도 영상 속의 배우를 인식하여 자동으로 배우의 움직임을 파악하고, 뼈대까지 생성하는 등의 모션 캡처 기술이 매우 뛰어나다는 것을 알 수 있다. 이러한 모션 캡처 데이터는 블렌더, 언리얼 엔진, 3ds Max, Maya 프로그램에서 실행할 수 있는 3D 파일로도 내보낼 수 있으며, 유니티에서까지 사용할 수 있는 FBX 파일로도 저장할 수 있다. 결과적으로, 원더 스튜디오 플랫폼에서는 CG 작업을 더불어 3D 애니메이션과 게임 분야에서도 응용할 수 있음을 보여준다. 더 나아가 생각해보면 1인 미디어 플랫폼이 활성화되어 있는 현 시대에서 최근 유행하는 버츄얼 아이돌 등의 분야에서도 유용하게 쓰일 수 있을 것이라 본다.

원더 스튜디오 시작하기

원더 스튜디오는 앞서 언급했듯, 웹 기반 플랫폼이기 때문에 다른 프로그램처럼 직접 설치할 필요 없이 웹 사이트로 들어가서 회원가입만 하면 바로 사용이 가능하다. 하지만 원더 스튜디오에서 제공하는 기능들을 사용하기 위해서는 구독 과정을 진행해야 한다. 어떤 것을 구독하는가에 따라 지출하는 금액과 이용 가능한 기능 수가 다르다.

원더 스튜디오를 시작하기 위해서는 가장 먼저 [구글 검색기]에서 위의 그림처럼 [wonder studio]로 검색 해야 한다. 원더 스튜디오는 크롬(Chrome) 과 사파리(Safari) 브라우저만 지원되기 때문에 윈도우 사용자 라면 Chrome, macOS 사용자라면 Safari 브라우저를 실행시킨다. 참고로 도서는 Chrome 브라우저를 기준으로 설명한다. 원더 스튜디오가 검색되면 아래 그림처럼 나타나는데, 여기에서 [Wonder Dynamics: Home Page] 클릭한다. (https://wonderdynamics.com/)

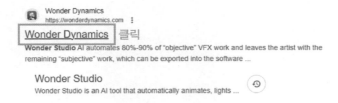

사이트에 들어가면 바로 [Log In] 버튼과 [Sign Up] 버튼을 확인할 수 있다. 밑으로 내리면 원더 스튜디오 에 대한 기능들이 설명되어 있으므로 한번 확인해 보는 것을 추천한다. 일단 원더 스튜디오를 이용하기 위해서는 회원가입을 해야 하기 때문에 [Sign Up] 버튼을 클릭한다.

원더 스튜디오는 구글과 연동할 수 있기 때문에 아이디와 비밀번호를 새롭게 생성할 필요 없이 바로
[Continue with Google] 버튼을 눌러 가입할 수 있다. 가입 과정에서는 다른 결제 과정이 필요하지 않으니
걱정할 필요가 없다.

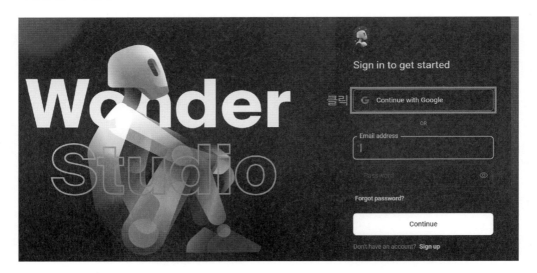

계정 선택 창이 뜨면, 자신의 [구글 계정]을 선택하
여 로그인할 수 있다. 로그인된 후에는 본격적으로
원더 스튜디오를 이용할 수 있는 페이지가 열린다.

계정 선택

wonderdynamics.com(으)로 이동

⊙ 다른 계정 사용

🐋 원더 스튜디오의 인터페이스

원더 스튜디오 페이지에 들어오면 가장 먼저 볼 수 있는 것이 Home 화면이다. [Home] 화면에서는 원더 스튜디오에서 제공하는 템플릿과 캐릭터, 자신이 만든 프로젝트를 확인할 수 있다. 홈 화면에서 좌측을 보면 [메뉴 바]에는 총 10개의 메뉴를 제공한다.

Create New Project 새로운 프로젝트를 생성할 수 있다.

My Projects 이전에 생성했던 프로젝트를 확인할 수 있다.

Templates 원더 스튜디오에서 제공하는 템플릿을 확인하고 이용할 수 있다.

My Assets 가지고 있는 비디오 또는 캐릭터를 업로드하거나 기존에 업로드했던 파일을 확인할 수 있다.

Upgrade] 원하는 플랜을 구독할 수 있다. (구독하는 플랜에 따라 이용 가능한 기능과 결제 금액이 달라진다)

Tutorials 원더 다이내믹스에서 제공하는 원더 스튜디오의 비디오 튜토리얼을 확인할 수 있다.

Documentation 원더 스튜디오의 소개 글을 확인할 수 있다.

Join us on Discord 원더 스튜디오의 담당자들과 직접 상호작용을 할 수 있는 디스코드(Discord; 메신저 플랫폼)를 연결할 수 있다.

Support/FAQ 이용자들이 자주 하는 질문에 대한 내용, 플랫폼 문제점에 대한 설문지, 원더 스튜디오 담당자의 이메일을 확인할 수 있다.

> ☑️ 참고로 [Home] 메뉴가 있는 부분을 드래그하면 [Community], [Marketplace] 메뉴를 확인할 수 있는데, 이는 아직 개발 단계이므로 활성화되어 있지 않다.

🐸 원더 스튜디오를 어떻게 사용할까?

원더 스튜디오에서 영상을 편집하기 위해서는 가장 먼저 프로젝트를 생성해야 한다. 프로젝트를 생성해야 영상을 넣고, 원하는 CG 캐릭터를 입혀서 편집할 수 있다. 하지만 이 단계는 모두 플랜을 구독(결제)해야 진행할 수 있는 과정이다. 물론 결제하지 않고 원더 스튜디오에서 제공하는 영상과 캐릭터를 이용하여 MP4 파일로 내보내는 기능을 테스트할 수 있다. 이 테스트 과정을 진행해 보자.

1 먼저 원더 스튜디오 사이트에서 좌측의 ❶[Templates] 메뉴를 클릭한 후, 원하는 ❷[템플릿]을 하나 클릭한다.

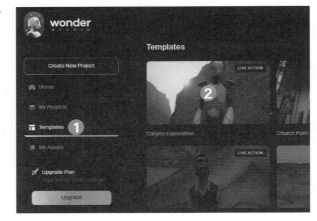

2 그러면 이렇게 해당 템플릿의 제목과 설명이 함께 적힌 창이 뜨는데, 여기서 좌측 하단에 있는 [Use In Project]를 클릭한다.

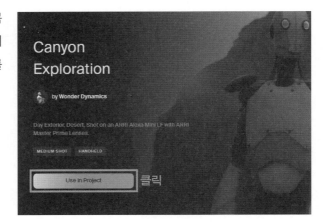

템플릿을 클릭하면 이렇게 프로젝트의 인터페이스와 선택한 템플릿의 원본 영상이 함께 뜬다. 여기서 잠깐 프로젝트의 인터페이스를 살펴보기로 한다.

① 중앙은 타임라인에 위치해 있는 기준선 지점의 영상을 보여주는 프레임 패널이다.

② 영상의 원하는 지점을 확인할 수 있는 타임라인이다.

③ 기존에 있는 캐릭터를 생성하거나 내 캐릭터를 업로드할 수 있다.

④ 업로드한 비디오를 저장할 수 있는 자산이자, 편집 시스템 등 다양한 설정을 할 수 있다.

3　원더 스튜디오에서 제공하는 템플릿은 이미 AI가 영상 속 배우를 인식한 상태이기 때문에 프레임 패널 우측 하단에 있는 Choose Actor 창에서 [Show actor] 버튼을 클릭하거나 타임라인에서 사람 모습의 [아이콘]을 클릭하여 인식된 배우가 있는 프레임으로 이동한다.

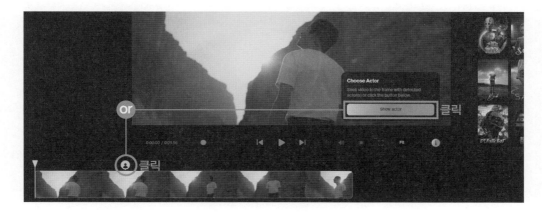

4 프레임 패널에서 배우가 Actor1로 표시된 것을 확인했으면, 우측에서 원더 스튜디오가 제공하는 CG 캐릭터 종류를 살펴보고, 원하는 ❶[캐릭터]를 드래그해서 프레임 패널 속 ❷[배우]에게 갖다 적용한다.

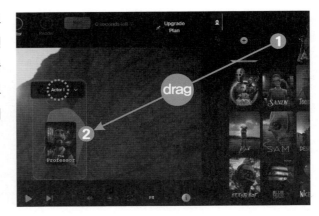

5 이때, 원하는 CG 캐릭터에 [마우스 커서]를 두면 해당 캐릭터로 제작한 짧은 영상을 간단하게 확인할 수 있다.

6 프레임 패널에서 ❶[Actor1] 표시의 아이콘이 자신이 선택한 CG 캐릭터로 변경되었다면, 적용이 되었다는 상태이다. 이제 CG 캐릭터가 입혀진 모습의 영상으로 뽑아내는 렌더 과정을 진행해보자. 프레임 패널 상단에서 ❷ [Next] 버튼을 클릭한다.

7 그러면 영상을 어떤 형식으로 만들 것인지 설정할 수 있는 창이 뜬다. 무료인 베타 버전에서는 따로 변경하거나 설정할 수 있는 기능이 마련되어 있지 않으므로, 원더 스튜디오에서 지정해 놓은 1080p 화질의 MP4 파일 형식으로 영상을 만들어보자. 우측 하단의 [Start Processing] 버튼을 클릭한다.

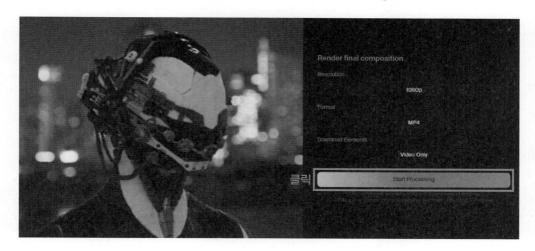

8 화면이 [My Projects] 메뉴의 인터페이스로 변경되었다. 렌더가 끝나면 In Progress 항목에 있는 [영상]을 클릭하여 볼 수 있다.

9 영상을 원하는 파일로 저장할 수 있는데, 현재 형식은 10가지 이며, 무료인 베타 버전은 마찬가지로 기존에 설정한 영상 파일 형식으로만 저장할 수 있다. 하단의 [Export Video] 버튼을 클릭하면 저장된다.

이처럼, 원더 스튜디오의 무료 베타 버전은 제공되는 템플릿을 통해 CG 캐릭터를 적용하는 것이 가능하다. 그러나 개인적인 작업물이나 다양한 편집 옵션은 제공되지 않으며, 최종 결과물 역시 비디오 형식으로만 추출할 수 있다. 이는 플랫폼의 핵심 기능인 AI CG 처리 기술을 체험해 볼 수 있는 기회로 볼 수 있다.

원더 스튜디오는 신규 플랫폼이기에 아직 정보나 사용자 후기가 많지 않은 상황에서, 이 무료 버전은 원더 스튜디오의 기술력과 장점을 파악하기에 아주 적합하다. 특히, 제작된 영상을 통해 기존 배우의 모습이 섬세하게 제거되고, 배우의 움직임을 정확히 스캔해 캐릭터를 삽입한 점을 확인할 수 있으며, 이는 CG 처리뿐만 아니라 모션 캡처 기술의 우수성을 시사한다.

원더 스튜디오는 인터페이스의 직관성으로 사용 과정이 간단하므로, 체험해 보고 만족한다면 구독을 고려하여 보다 다양한 기능을 탐색해보는 것을 권장한다.

🫧 프로젝트의 내보내기 유형

원더 스튜디오에서 완성된 프로젝트를 내보낼 때 선택할 수 있는 유형은 앞서 언급한 바와 같이 Blender Scene, USD, Maya Scene, UE Scene, Clean Plate, Alpha Masks, Source Video, AI MoCap, Camera Track, Export Video로 총 10가지이다. 이 중에서 Blender Scene, USD, Maya Scene, UE Scene은 [Export Scene(s)] 옵션을 통해 추출할 수 있다. 그 외의 유형은 아직 개발 단계로 이용이 불가하다.

다음의 이미지는 AI MoCap에서 .fbx 파일 형식으로 내보낸 예시를 Blender에 업로드한 이미지이다.

AI MoCap 프로젝트에 대한 모션 캡처 데이터를 제공한다. 이 데이터는 시스템이 인식한 뼈(Bone, Skeleton)대에 대해서만 애니메이션 정보를 제공하며, 사용자는 이 데이터를 캐릭터에 적용하여 선택한 소프트웨어에서 애니메이션을 구동할 수 있다. 파일은 배우 별, 컷 별로 .fbx 형식으로 제공된다.

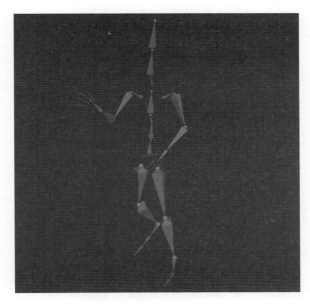

| AI MoCap에서 인식된 뼈(Bone)의 모습 |

Clean Plate VFX에서 로토스코핑(실제 이미지를 따라 그리거나 위에 효과를 그려 만드는 애니메이션 기법)과 같은 기술을 활용해 객체 또는 인물을 제거한 프레임을 자동으로 페인팅하여 깨끗한 배경을 제공하는 기능이다. 이를 통해 CG 캐릭터를 구성할 준비를 한다. 파일은 PNG 시퀀스로 제공된다.

| 이미지 출처: 원더스튜디오 튜토리얼 |

Alpha Masks 씬에서 인물을 추적하여 흑백 이미지로 덮는 기능이다. 이는 합성 작업에 활용되거나 로 토스코핑을 대체하는 데 사용될 수 있다. 파일은 PNG 시퀀스로 제공된다.

| 이미지 출처: 원더스튜디오 튜토리얼 |

Blender Scene 원더 스튜디오의 모든 VFX 요소를 결합하여 3D 장면을 생성하는 기능이다. 이를 통해 무료 3D 프로그램인 Blender에서 캐릭터 애니메이션을 직접 편집하거나, 3D 장면의 조명 변경, 구도 설정, 카메라 조정, 소품 및 환경 추가가 가능하다.

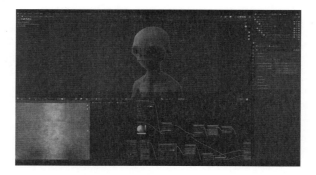

| 이미지 출처: YouTube Wonder Dynamics |

Export Video 원더 스튜디오 플랫폼에서 최종 결과물로 확인할 수 있는 영상을 제공하는 기능이다. 이는 프로젝트의 렌더링 단계에서 설정한 값에 따라 영상을 저장할 수 있다.

USD Wonder Studio의 모든 VFX 요소를 결합하여 3D 장면으로 내보내는 요소로, Maya, Houdini, Unreal, Unity 등의 프로그램에서 활용할 수 있다. 이 파일 유형은 픽사 스튜디오에서 개발한 오픈소스이며, 빌드 과정이 복잡해 해당 도서에서는 다루지 않는다. 그밖에 Character Pass는 출시 준비 중으로 지금은 사용할 수 없다.

구독 플랜의 종류와 기능

원더 스튜디오에서 구독(사용자 레벨)할 수 있는 플랜의 종류는 총 세 가지로 LITE(라이트), PRO(프로), ENTERPRISE(기업)가 있다.

ENTERPRISE 플랜 개인 사용을 넘어서 기업이 이용할 경우 선택하는 옵션이다. 이 플랜을 구독하기 위해서는 원더 스튜디오에 직접 문의해야 한다.

PRO 플랜 개인 사용자용 플랜과 비교했을 때, 규모가 큰 만큼 원더 스튜디오의 모든 기능을 제공받고자 한다면 PRO 플랜을 기반으로 맞춤형 동영상 가격 책정, 고급 보안, 규정 준수 등 기업 맞춤의 다양한 혜택을 누릴 수 있다. Pro 플랜은 원더 스튜디오의 모든 기능을 포함해 월 12000 크레딧, 최대 내보내기 해상도 4K, 80GB의 저장 공간, 사용자 정의 캐릭터 15종 업로드, 최대 4인 모션 캡처 등 총 14가지 혜택 및 기능을 제공한다.

LITE 플랜 월 3000 크레딧(실사 150초 또는 AI MoCap 750초), 최대 내보내기 해상도 1080p, 5GB의 저장 공간, 최대 비디오 업로드 크기 500MB, 사용자 정의 캐릭터 6종 업로드, 프로젝트당 최대 2인 모션 캡처 등 총 11가지 혜택 및 기능을 제공한다. 추가적으로, 각 플랜에서는 필요에 따라 크레딧을 추가 구매할 수 있다.

 크레딧이란?

크레딧은 프로젝트 생성 및 결과물 생성 시 소비되는 것으로, 라이브 액션 프로젝트의 경우 1초당 20크레딧, AI 모션 캡처 프로젝트의 경우 1초당 4크레딧이 차감된다. 각 구독 플랜별로 제공되는 크레딧의 양이 다르며, 구독 시작일을 기준으로 매월 새로이 지급된다. 사용하지 않은 크레딧은 다음 달로 이월되지 않으며, 크레딧을 모두 소진한 경우 추가 결제 없이 다음 달 크레딧 지급일까지 기다려야 한다.

03

원더 스튜디오 결제하기

플랜을 구독할 때 사용 가능한 기능과 혜택의 중요성 못지않게 결제 금액도 중요한 역할을 한다. 구독 플랜만을 고려했을 때, 사용 가능한 기능이 가장 많은 PRO 플랜이 금액이 가장 높지만, 정기 결제를 월별로 할 것인지, 연별로 할 것인지에 따라 금액 차이가 크게 난다.

LITE 플랜을 기준으로, 월 결제 금액은 29.99달러, 연 결제 금액은 24.99달러이다. 2024년 3월을 기준으로 한국 원화로 환산하면 대략 월 4만원, 연 3만 3천원 정도이다.

PRO 플랜의 가격은 월 149.99달러, 연 124.99달러이다. 한국 원화로 환산하면 대략 월 20만원, 연 16만 6천원 정도이다. 현재는 기간 한정 할인을 진행 중이어서 LITE 플랜은 월 19.99달러, 연 16.99달러로, PRO 플랜은 월 99.99달러, 연 84.99달러로 할인 혜택을 받을 수 있다. 원가와 할인가는 변동될 수 있으니 참고가 필요하다.

원더 스튜디오의 다양한 기능을 체험하기 위해서는 결제가 필수적이다. 무료 베타버전은 원더 스튜디오의 기능을 개인적인 영상에 적용하는 데 제한이 있으며, 편집 및 내보내기 과정에서 가능한 작업이 한정

되어 있기 때문이다. 따라서, 더 많은 기능을 이용하고자 플랜 구독을 고려한다면, 자신의 필요에 맞는 플랜을 세심하게 살펴보고 선택하는 것이 좋다. 업그레이드를 하기 위해 원더 스튜디오의 홈페이지에서 좌측 메뉴에 있는 [Upgrade] 버튼을 클릭한다.

그러면 화면과 같이 구독 플랜에 대한 창이 뜬다. 여기서 원하는 정기 구독 기간과 플랜 별 기능을 살펴보고, 하단의 [Upgrade Plan]을 클릭한다. 참고로, 보다 자세한 내용을 책에 담기 위해 PRO 플랜 버전의 월 구독 과정을 기준을 선택하였다.

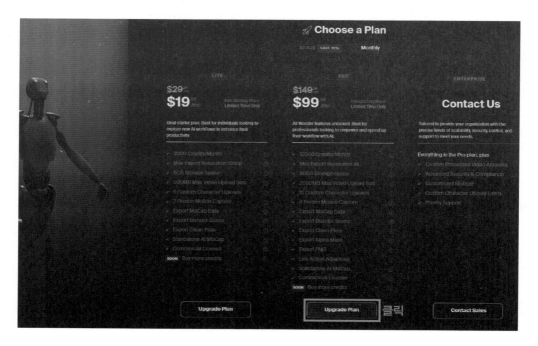

플랜을 구독하려면 플랫폼에서 제시하는 금액을 결제해야 한다. 원더 스튜디오는 외국 기업에서 개발한 플랫폼이므로, 해외 결제가 가능한 비자 카드 또는 마스터 카드로만 결제할 수 있다. ❶[모든 항목]을 작성했다면, 하단의 ❷[Confirm Purchase]를 클릭한다. 지불 세부 사항을 모두 작성하고 버튼을 누르면, 원더 스튜디오의 홈페이지로 돌아가게 되며, 플랫폼 상단에 플랜 구독을 안내하는 메시지가 잠깐 뜨고 사라진다. 이후 본격적으로 구독한 플랜에 따른 혜택과 기능을 사용할 수 있게 된다.

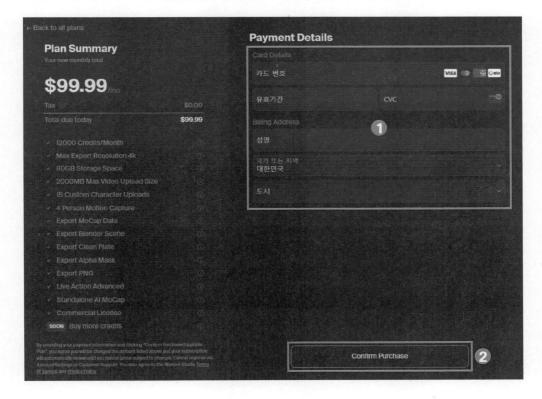

프로젝트 유형 살펴보기

원더 스튜디오를 이용하기 위해 먼저 프로젝트를 생성한 후, 편집하고자 하는 영상을 첨부하여 진행해야 한다. 프로젝트는 원더 스튜디오 화면 좌측 상단에 있는 [Create New Project]을 통해 생성할 수 있다. 이때 세 개의 프로젝트 유형 중 원하는 프로젝트 유형을 선택하면 편집기가 열리고 작업을 시작할 수 있다.

세 개의 프로젝트 유형은 모든 것을 자동화하여 쉽게 편집할 수 있는 ❷Live Action Easy(라이브 액션 쉬움), 라이브 액션 쉬움 유형보다 더 세심하고 효과적으로 영상을 제어할 수 있는 ❶Live Action Advanced(라이브 액션 고급), 그리고 영상 속 배우의 움직임을 인식하여 애니메이션 데이터를 쉽게 얻을 수 있는 ❸AI Motion Capture(AI 모션 캡처)로 구성되어 있다.

라이브 액션 쉬움(Live Action Easy)

라이브 액션 쉬움 모드의 프로젝트는 영상 속 인물을 CG 캐릭터로 교체하기가 매우 쉬운 유형이다. 모든 설정이 자동으로 이루어져서 몇 가지 간단한 단계만 거치면 편집이 완료된다. 몇 번의 클릭으로 AI가 배우의 프레임을 인식하고, 교체하고자 하는 배우에게 CG 캐릭터를 할당하여 복잡한 작업을 쉽게 처리한다. 살펴보기 위해 해당 프로젝트를 사용하기 위해 원더 스튜디오 화면 좌측의 [Create New Project] 버튼을 누른다.

그다음 Live Action Easy의 [Continue]를 클릭하여 실행할 수 있다. 프로젝트의 편집기로 들어오면 영상을 첨부하고, 영상 속 배우를 스캔하며, 렌더 단계의 설정을 마치면 편집이 모두 완료된다. 플랫폼 내에서 설명도 자세하게 제공되므로 몇 번의 클릭만으로 작업을 마칠 수 있다. 이후에는 영상이 완성되기까지의 렌더 시간을 기다리기만 하면 된다.

라이브 액션 고급 (Live Action Advanced)

라이브 액션 고급 모드는 영상 처리를 미세하게 조정하고 CG 캐릭터가 배우를 대체하는 부분에서 사용자가 직접 정의할 수 있는 프로젝트다. 이 모드는 라이브 액션 쉬움 모드보다 프로젝트를 더 세심하고 효과적으로 제어할 수 있는 과정을 제공한다.

라이브 액션 고급 모드는 라이브 액션 쉬움 모드의 프로젝트를 실행시킨 것과 동일하게 원더 스튜디오 홈 화면에서 ❶[Create New Project]와 ❷[Continue]를 통해 실행시킬 수 있다.

프로젝트 편집기가 열리면 영상을 첨부하는 과정은 이전 라이브 액션 쉬움 모드와 같다. 영상 편집을 넘어 배우 단계에 이르면, 라이브 액션 쉬움 모드와 달리 CG 캐릭터 적용을 더 세심하게 설정할 수 있다. 배우 단계에서 설정할 수 있는 기능 중 가장 먼저 Global Settings(전역 설정)에 대해 알아본다.

❶Global Settings(전역 설정) 부분에서는 ReID Mode(ReID 모드), Focal Length(초점 거리), Keep Audio(오디오 유지) 유무, Keep Letterbox(레터박스 유지) 유무를 설정할 수 있다.

❷ReID Mode(ReID 모드)는 재식별 기술이 통합된 모드로, 각 장면마다 배우를 개별적으로 스캔하고 할당할 필요 없이 여러 장면에서 배우를 추적할 수 있다. 이 모드는 Auto(자동), Per Cut(컷당), Off(끄다)의 세 가지 설정을 제공한다. Auto(자동)는 라이브 액션 쉬움 모드에서 사용되는 기능으로, 한 프레임에서 배우를 스캔하면 AI가 해당 배우를 자동으로 모두 인식해 선택한 CG 캐릭터를 적용한다. Per Cut(컷당)은 한 장면 내 배우를 스캔하는데, 이는 다른 샷의 다른 사람에게 동일한 캐릭터를 적용하거나 각 장면에서 같은 사람에게 다른 캐릭터를 적용하는 데 유용하다. Off(끄다) 설정은 샷의 첫 번째 컷까지만 배우를 스캔한다. ReID 모드는 여러 배우가 동일한 캐릭터를 연기하거나 같은 배우가 여러 캐릭터를 연기하는 상황에서 특히 유용하다.

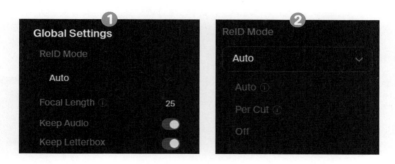

Focal Length(초점 거리) 초점 거리를 4에서 200 사이로 조정할 수 있게 한다. 이를 통해 3D 장면에서 캐릭터의 위치를 조정하고, 원근 왜곡을 개선할 수 있다.

Keep Audio(오디오 유지) 영상의 오디오 유지 여부를 결정한다. 원본 영상에 오디오가 포함되어 있다면, 이 옵션을 비활성화해 편집 완료된 최종 이미지에서 오디오를 제거할 수 있다.

Keep Letterbox(레터박스 유지) 영상에서 레터박스를 유지할지 결정한다. 레터박스는 가로 비율이 짧은 화면이나 스크린에서 영상을 보여줄 때, 영상의 화면 비율을 맞추기 위해 상단과 하단에 검은 막대를 추가하는 방법이다. 원본 영상에 레터박스가 있다면, 이 옵션을 비활성화하여 편집 완료된 최종 영상에서 레터박스를 제거할 수 있다.

영상에서 초점 거리, 레터박스 또는 다른 요인이 크게 변화하는 장면이 포함되어 있다면, 비디오를 개별 장면으로 분할해 각 샷을 별도로 업로드하는 것을 권장한다.

배우 단계에서 스캔한 배우에 ❶❷[CG 캐릭터]를 적용하면, 캐릭터 설정에 대한 옵션이 나타난다. 이 옵션은 크게 ❸[두 가지]로, Advanced Retargeting(고급 리타겟팅)과 Advanced Features(고급 기능)이 있다.

Advanced Retargeting(고급 리타겟팅)

Advanced Retargeting(고급 리타겟팅)은 CG 캐릭터가 배우를 대체하는 방식에 대해 사용자가 지정할 수 있는 부분이다. 여기서는 Scale Character(스케일 캐릭터), Feet IK(발 IK), Wrists IK(손목 IK), Pelvis Offset(골반 오프셋)을 설정할 수 있다.

Scale Character (스케일 캐릭터) 선택한 CG 캐릭터의 크기를 캐릭터가 적용된 배우의 크기에 맞추어 조정할 수 있게 하는 옵션이다.

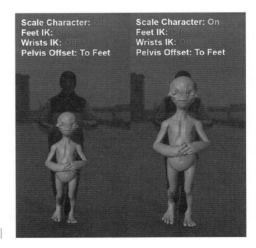

| 이미지 출처: 원더 스튜디오 튜토리얼 |

Feet IK (발 IK: 역기구학) 이 옵션을 활성화하면 CG 캐릭터의 발을 배우의 발 위치에 맞추어 정렬할 수 있다. 이 기능은 배우와 CG 캐릭터 사이의 비율이 약간 차이가 있을 때나 장면에서 캐릭터의 정확한 발 배치가 필요할 때 유용하다. 하지만 배우와 CG 캐릭터 사이의 팔다리 길이 차이가 크면 캐릭터의 다리가 부자연스러울 정도로 늘어날 수 있다.

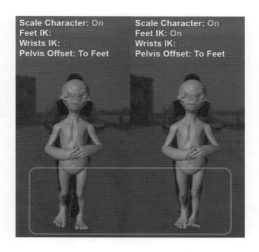

Wrists IK (손목 IK) 이 옵션을 활성화하면 CG 캐릭터의 손목이 배우의 손목 위치와 정렬된다. 이 기능도 발 IK 기능처럼 배우와 CG 캐릭터 사이의 비율이 약간 차이가 있을 때나 장면에서 CG 캐릭터의 정확한 손목 위치가 필요할 때 유용하다. 하지만 배우와 CG 캐릭터의 팔다리 길이 차이가 크면 팔이 부자연스럽게 늘어날 수 있으므로 주의해야 한다.

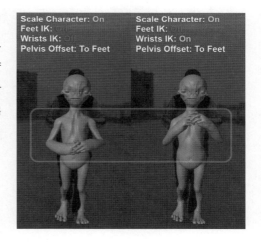

Pelvis Offset (골반 오프셋) CG 캐릭터의 골반(엉덩이) 위치를 조정하여 장면 내 캐릭터의 배치를 개선할 수 있는 옵션으로, No Offset(오프셋 없음), To Feet(발까지), To Neck(목까지)의 세 가지 설정이 가능하다. No Offset(오프셋 없음)을 선택하면 CG 캐릭터의 골반이 배우의 골반 위치와 정렬되어, 캐릭터와 배우의 골반 높이가 비슷한 경우에 적합하다.

💡 역기구학이란?
애니메이션에서 손이나 발과 같은 부위를 작업 대상의 위치나 동작을 기반으로 캐릭터 골격의 뼈 움직임을 제어하는데 사용되는 기술이다.

To Feet (발까지) 라이브 액션 쉬움 모드에서 사용되며, CG 캐릭터의 발을 배우의 발과 정렬하도록 이동시킨다. 이 설정은 일반적으로 유용하지만, 영상에서 배우의 신체가 상당 부분 보이지 않을 경우 결과가 만족스럽지 않을 수 있다.

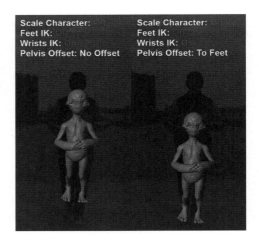

To Neck (목까지) 이 옵션은 CG 캐릭터의 목을 배우의 목과 정렬하도록 한다. 이 설정은 영상에서 배우의 신체가 대부분 보이지 않을 때 특히 유용하다.

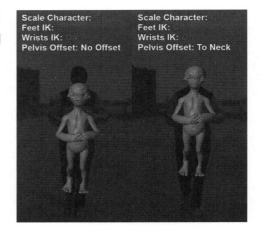

Advanced Features(고급 기능)

Advanced Features(고급 기능)은 플랫폼에서 배우가 처리되는 방식에 영향을 미치는 요소들을 포함한다. 이에는 Shot Type(샷 유형)과 Motion Type(모션 유형), Estimate Face(얼굴 추정), Estimate Hands(손 추정), Feet Lowering(발 낮추기), Feet Contacts(발 접촉) 등의 설정이 포함된다.

Shot Type(샷 유형) 영상에서 선택한 배우의 샷 유형을 예측하고 AI MoCap 결과에 영향을 주는 기능이다. 프로젝트의 최종 MoCap 결과가 만족스럽지 않을 때, 영상 속 샷 유형에 가장 적합한 값을 사용자가 직접 설정할 수 있다. 이 기능에서는 Auto(자동), Wide(와이드), Medium(미디엄), Close Up(클로즈 업) 중 하나를 선택하여 설정할 수 있다. Auto(자동) 옵션은 라이브 액션 쉬움 프로젝트에서 사용되며, 영상 속 배우의 샷 유형을 자동으로 감지한다.

Wide(와이드) 배우의 전신을 포착하는 샷으로, 와이드 샷(Wide Shot)이라고도 한다. 이 모드에서는 대부분의 프레임에서 배우의 골반과 발이 보여야 한다.

Medium(미디엄) 배우의 상반신을 촬영하는 샷으로, 미디엄 샷(Medium Shot)이라고도 한다. 이 모드에서는 대부분의 프레임에서 배우의 골반이 표시되어야 한다.

Close Up(클로즈 업) 배우의 얼굴에 집중하는 샷으로, 클로즈업 샷(Close-Up Shot)이라고도 한다. 이 모드는 배우의 골반과 다리가 프레임에 나타나지 않을 때 적합하다.

Motion Type(모션 유형) 영상에서 배우의 이동 속도를 추정하는 기능으로, 프로젝트 결과에서 강성 또는 소음이 만족스럽지 않을 때 사용자가 수동으로 설정할 수 있다. 이 기능에선 Auto(자동), Slow(느린), Medium(중간), Fast(빠른) 중 하나를 선택해 설정한다.

Auto(자동) 라이브 액션 쉬움 모드에서 사용되며, 영상에서 배우의 모션 유형을 자동으로 감지한다.

Slow(느린) 영상에서 배우가 서 있거나 앉는 등의 모션을 취할 때 적합하다. 이 옵션을 통해 MoCap 데이터의 노이즈를 줄여 애니메이션을 차분하고 안정적으로 만든다.

Medium(중간) 영상에서 배우가 걷거나 회전하는 등의 모션을 취할 때 적합하다. 소음 감소와 모션 유지 사이의 균형을 유지해 배우의 움직임이 중간 정도일 때 안정적인 애니메이션을 생성한다.

Fast(빠른) 영상에서 배우가 달리거나 춤추는 등의 모션을 취할 때 적합하다. 빠른 움직임을 포착해 세밀한 모션과 뉘앙스를 포착하며, 액션 장면에 생동감 있는 애니메이션을 생성한다.

Estimate Face(얼굴 추정) 얼굴 애니메이션 요구 사항을 충족하는 CG 캐릭터에 대해 얼굴 추정 여부를 설정할 수 있다. 이 기능을 비활성화하면 얼굴이 보이지 않는 샷에서 프로젝트의 렌더링 시간을 단축하는 데 도움이 될 수 있다. 얼굴 애니메이션 요구 사항이 충족되지 않는 CG 캐릭터의 경우, 이 옵션은 비활성화된다.

Estimate Hands(손 추정) 배우의 손이 보이는 프레임에서 손 모션 캡처를 활용할 수 있는 기능이다.

Feet Lowering(발 낮추기) AI MoCap 결과에 영향을 미치며, CG 캐릭터의 위치를 조정해 부동 및 접점 문제를 최소화한다. 이 기능은 배우의 전신이 보이는 경우에 유용하다.

Feet Contacts(발 접촉) 역시 AI MoCap 결과에 영향을 미치며, Advanced Retargeting의 발 IK 기능과는 별개다. 이 기능을 활성화하면 배우의 발이 바닥에 접촉하는 위치를 추정해 발 미끄러짐을 최소화할 수 있다.

이렇듯 라이브 액션 고급 모드에서는 배우 단계에서 영상의 배우와 CG 캐릭터 설정을 진행할 수 있으며, 모든 설정을 마친 후에는 라이브 액션 쉬움 모드처럼 렌더 단계를 거쳐 프로젝트 결과를 확인할 수 있다.

🗨 AI 모션 캡처 (AI Motion Capture)

AI 모션 캡처 모드는 마커 없이 작동하는 AI 모션 캡처 시스템을 통해 상세한 신체 및 손 추적 데이터를 포함한 FBX 파일을 내보낼 수 있는 프로젝트다. 몇 번의 클릭만으로 AI가 배우의 프레임을 손쉽게 스캔하여 원하는 배우의 움직임을 간단하게 처리하고 애니메이션 데이터를 얻을 수 있다. 이 모드는 복잡한 작업 과정을 간소화하여 사용자가 원하는 애니메이션 데이터를 쉽게 얻을 수 있게 해준다.

AI 모션 캡처 모드는 라이브 액션 고급 모드의 프로젝트를 실행시킨 것과 동일하게 원더 스튜디오 홈 화면에서 ❶[Create New Project]와 ❷[Continue]를 통해 실행시킬 수 있다.

AI 모션 캡처 모드에서 편집 단계를 지나 배우 단계에 도달하면, 라이브 액션 고급 모드와 유사하게 영상의 배우나 할당한 CG 캐릭터에 대해 편집할 수 있다. 그러나 라이브 액션 고급 모드와의 차이점은 설정 옵션이 더 간소화되어 있다는 점이다. 라이브 액션 고급 모드와 달리, AI 모션 캡처 모드에서는 Global Settings(전역 설정)에서 Keep Audio(오디오 유지)와 Keep Letterbox(레터박스 유지) 설정을 할 수 없으며, Advanced Features(고급 기능)에서 Estimate Face(얼굴 추정), Estimate Hands(손 추정), Feet Lowering(발 낮추기), Feet Contacts(발 접촉) 설정도 불가능하다. 나머지 기능들은 라이브 액션 고급 모드와 동일하게 유지된다.

영상에서 배우와 할당된 CG 캐릭터에 대한 설정을 마치면, 렌더 단계로 넘어간다. AI 모션 캡처 모드에서의 렌더 단계는 영상의 해상도와 파일 형식 등을 설정하던 라이브 액션 프로젝트의 렌더 방식과 다르

다. 이 차이는 AI 모션 캡처 모드가 영상 속 배우의 움직임을 스캔하여 애니메이션 데이터를 출력하는 데 초점을 맞추기 때문이다.

현재 이 모드는 얼굴 성능 캡처나 캐릭터 메시 포함과 같은 기능이 출시되지 않았으며, 출력 파일은 FBX와 USD로 한정되어 있다. 따라서 렌더 단계에서 별도로 설정할 수 있는 부분은 없다. 내보내기 유형을 FBX로 설정하고 렌더링을 완료하면, 생성된 파일은 Blender, Unreal Engine, 3ds Max 등의 3D 프로그램에서 사용할 수 있다.

05

비디오 업로드하기

원더 스튜디오에서 비디오를 업로드 하는 방법은 총 두가지로 대시 보드에서 업로드하거나 프로젝트에서 업로드하는 방법이 있다. 이 두가지의 업로드 방법을 알아보기 전에 원더 스튜디오는 .mp4 파일 또는 .mov 파일만 지원한다는 제한 사항이 있기 때문에 이 외의 다른 비디오 파일은 업로드 하지 않도록 한다.

🗨️ 대시보드에서 업로드하기

가장 먼저 대시 보드에서 업로드는 원더 스튜디오 플랫폼에서 ❶[My Assets] 메뉴로 들어간 후, 우측의 ❷❸[Upload] – [Upload Video]을 눌러서 원하는 영상 파일을 업로드 하면 된다.

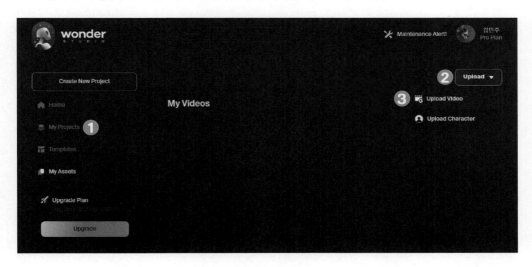

🗨️ 프로젝트에서 업로드하기

프로젝트에서 업로드는 원하는 영상 파일을 불러오거나 해당 파일을 직접 끌어다가 업로드 하는 두 가지 방식이 있다. 첫 번째, 원하는 영상 파일을 불러오는 방법은 실행한 프로젝트 편집기에서 좌측 Upload Videos 아래쪽의 [click here to browse files.]를 클릭하여 영상을 업로드한다.

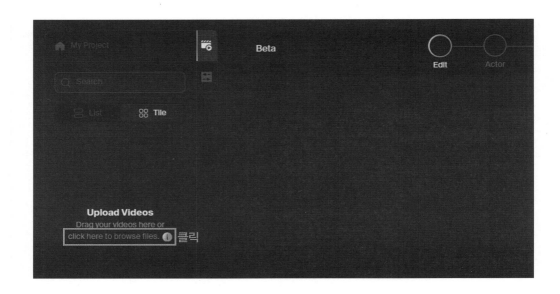

두 번째, 사용할 영상이 있는 ❷[폴더]에서 직접 끌어와 업로드 하는 방법은 영상 파일을 직접 ❶[Upload Videos] 영역에 끌어다 놓아서 비디오를 업로드 할 수 있다.

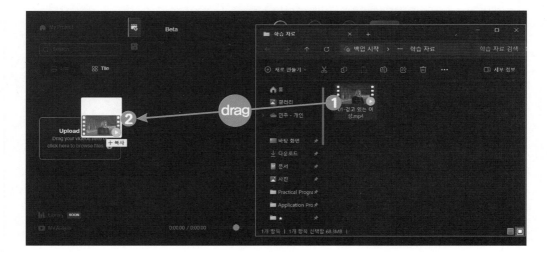

끌어오기 방법 중에는 사용할 영상을 중앙의 프레임 패널이나 하단의 타임라인 패널에 끌어다 놓는 방법도 있다. 이와 같은 방법은 비디오 업로드뿐만 아니라 곧바로 편집까지 진행할 수 있다.

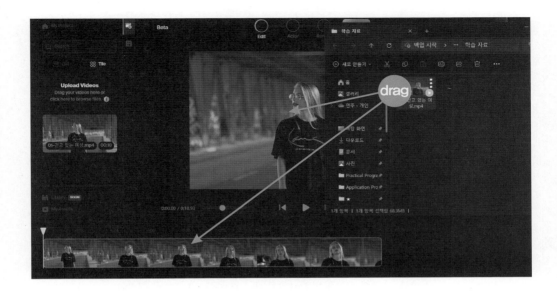

대시보드 또는 프로젝트에서 한 번 업로드한 비디오는 좌측의 ❶[My Assets] 메뉴에서 사용할 수 있으며, 업로드 된 ❷[비디오] 파일은 원더 스튜디오 플랫폼의 My Assets 하단 ❸⁝ 메뉴의 ❹[Delete]를 통해 삭제할 수 있다.

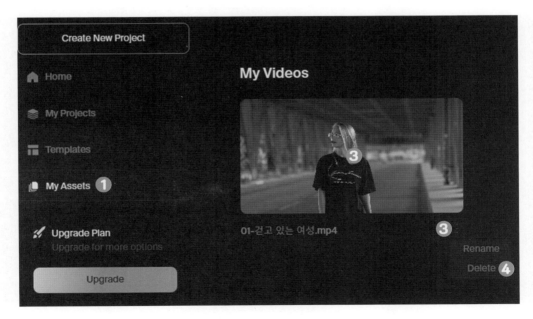

캐릭터 업로드하기

원더 스튜디오에서 사용하고자 하는 CG 캐릭터도 비디오 업로드 때와 마찬가지로 대시보드나 프로젝트에서 업로드할 수 있다. 이 두 가지 캐릭터 업로드 방법을 알아보기 전에, 원더 스튜디오 플랫폼에서 캐릭터를 업로드하기 위한 요구 사항, 캐릭터 설정 지침, 에드온 다운로드에 대해 먼저 알아 보기로 한다.

캐릭터 요구 사항

캐릭터를 업로드 하기 위해서는 캐릭터 파일과 이미지 텍스처 파일, 그리고 메타데이터 파일이 필요하다. 그 중에서 캐릭터 파일과 메타데이터 파일은 필수이며, 각 파일마다의 제한 사항도 있기 때문에 이를 지켜서 업로드해야 한다.

* 캐릭터 파일

  최대 파일 크기 500MB

  지원되는 파일 형식 .blender(최대 파일 1개), .fbx + .abc(optional: 최대 파일 2개)

* 이미지 텍스처 파일

  결합된 텍스처 파일 크기 2GB

  최대 파일 수 200개

  지원되는 파일 형식 .png, .jpg, .jpeg, .tiff, .tif, .exr

* 메타데이터 파일

  필요한 파일 수 1개

  필수 파일 형식 .json

메타 데이터 파일은 CG 캐릭터를 제작한 3D 프로그램에서 내보내기 과정을 통해 얻어야 한다.

Blender와 Maya 프로그램에서는 기본적으로 .json 형식의 내보내기 옵션이 없다. 그래서 원더 스튜디오에서 제공하는 "에드온"을 다운로드한 후 해당 프로그램에 적용하여 메타 데이터 파일을 생성해야 한다. 에드온은 Blender 에드온과 Maya 에드온으로 나뉘어 있으므로 사용하는 3D 프로그램이나 CG 캐릭터가 제작된 3D 프로그램에 맞는 에드온을 설치해야 한다.

추가로 CG 캐릭터를 업로드할 때는 파일 형식과 함께 캐릭터 개체의 요구 사항도 충족해야 한다. 업로드하려는 캐릭터의 다각형 수는 최대 1,500,000개, 머리카락 수는 최대 100,000개로 제한된다.

캐릭터 설정 지침

원더 스튜디오에 캐릭터를 업로드하기 위해서는 해당 캐릭터를 제작하고 내보낼 때 설정 지침을 따라야 한다. 설정 지침은 Blender 프로그램과 Maya 프로그램으로 나뉘어져 있으며, 본 설명은 Blender 프로그램을 기준으로 한다.

- **캐릭터 방향**

  캐릭터 위 +Z축

  캐릭터 앞 −Y축

- **캐릭터 크기**

  캐릭터의 사이즈는 너무 크거나 작지 않도록 한다.

- **캐릭터 위치**

  캐릭터의 발 끝을 중심축에 맞춘다. 해당 위치에서 캐릭터의 위치 및 회전 값은 0, 축적은 1이 되도록 적용하여야 한다.

- **캐릭터 포즈**

  캐릭터는 플랫폼에 업로드 하기 전에 무조건 T 포즈를 취해야 한다. 해당 포즈가 아닐 경우, 애니메이션 품질에 직접적인 영향을 미칠 수 있다.

- 지원되는 리깅

Blender에서 기본적으로 사용하는 모든 리깅 도구 및 기술은 허용된다. 캐릭터의 눈을 리깅할 때, 눈 관절의 수평 및 수직 회전 축이 눈의 자연스러운 회전 축과 정렬되어 있는지 확인한다.

- 지원되는 셰이더

모든 Cycles 셰이더가 지원된다.

이 외의 더 자세한 Blender 캐릭터 설정 지침과 Maya 캐릭터 설정 지침은 원더 스튜디오 플랫폼의 [Tutorials] 메뉴 [CHARACTER CREATION] 항목의 [Getting Started] - [Character Setup]에서 확인할 수 있다.

https://help.wonderdynamics.com/character-creation/getting-started/character-setup

🐾 에드온 다운로드받기

앞서 언급한 것과 같이 원더 스튜디오 플랫폼에서 캐릭터를 업로드하기 위해서는 캐릭터 파일과 메타 데이터 파일이 필요하다. 여기서 메타 데이터는 캐릭터를 제작한 3D 프로그램에 맞추어 에드온을 설치한 뒤, 파일을 얻어야 한다. 에드온은 Blender 에드온과 Maya 에드온 두 종류로 해당 프로그램의 버전에 따라 에드온이 지원되지 않을 수 있다.

- 지원되는 소프트웨어 버전

Blender 3.62 / Maya 2022-2024 / Arnold MtoA 3.0 - MtoA 5.3

에드온은 원더 스튜디오의 ❶[Tutorials] 메뉴에서 CHARACTER CREATION의 ❷[Downloads]로 들어간 후, ❸❹[Install the Validation Addon]에서 원하는 소프트웨어에 맞는 링크를 통해 다운로드할 수 있다.

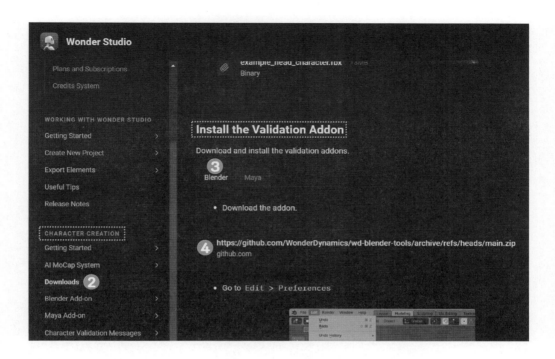

또는 원더 스튜디오 플랫폼의 ❶[My Assets] 메뉴에서 우측 ❷❸[Upload] – [Upload Character]를 클릭한 후, 업로드하고자 하는 캐릭터의 ❹[이름]을 입력한 뒤 ❺[Create] 버튼을 누른다. 그다음 화면에서 원하는 ❻[소프트웨어]를 클릭하면 에드온을 다운 받을 수 있다. 참고로 지금의 과정이 어렵게 느껴진다면 [학습자료] 폴더에 있는 [wd-blender-tools-main.zip]라는 이름의 블렌더 에드온 파일을 직접 사용할 수도 있다.

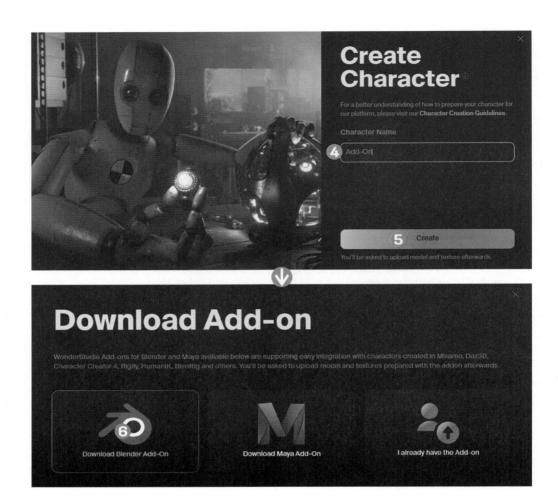

🔵 메타 데이터 저장하기

메타 데이터를 저장하기 위해서는 가장 먼저 원더 스튜디오에서 제공하는 에드온을 다운 받은 후, 해당
소프트웨어에 적용해야 한다. 블렌더 프로그램에 에드온을 적용하는 방법은 매우 간단하다. 블렌더 프
로그램을 실행한 상태에서 상단의 ❶❷[편집] – [환경 설정] 메뉴를 클릭하여 블렌더 환경 설정 창을 활
성화한다. 그다음 해당 환경 설정 창에서 ❸[애드온] 메뉴로 들어간 후, 우측 상단의 ❹[설치]를 클릭한
다. 참고로 블렌더에 대한 기초 학습이 부족할 경우, [Part 03]의 [블렌더 3D 3.6.2 설치하기]와 [블렌더3D
기초 알아보기]를 통해 기초를 익힌 후 본 학습에 참여하는 것을 권장한다.

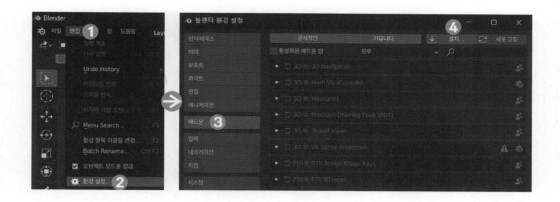

다운로드한 ❶[에드온] 압축(zip) 파일을 찾아서 선택한 후, 우측 하단의 ❷[애드온을 설치]를 클릭한다.

설치한 에드온 이름 옆의 체크 표시란을 [클릭
(체크)]하여 에드온을 활성화한다.

이와 같은 방법으로 에드온을 적용하면 3D 뷰포트에서 [N] 키를 눌러 적용한 에드온을 찾을 수 있다. 이
제 메타 데이터를 저장해 본다.

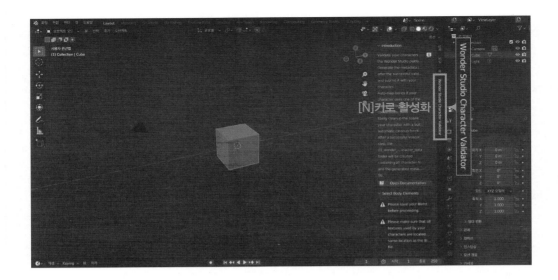

메타 데이터를 얻기 위해서는 제작한 CG 캐릭터의 유효성 검사를 통과해야 얻을 수 있다. 유효성 검사는 총 4가지로 구성되어 있으며, 이는 뷰포트에 표시된 에드온을 통해서 검사할 수 있다. 유효성 검사를 성공적으로 마친다면 캐릭터 장면 파일과 캐릭터 텍스처 파일, 메타데이터.json 파일이 들어있는 폴더가 생성된다. 이 파일은 원더 스튜디오 플랫폼에 업로드할 수 있다. 유효성 검사가 실패한다면 오류 및 경고 메시지가 표시되어 무엇이 잘못되었는지 알 수 있다.

• **유효성 검사 항목**

몸체 뼈대가 지정되어 있는가 (필수)

뼈대가 매핑되어 있는가 (엉덩이 뼈대 필수)

면 메쉬를 할당하였는가 (선택 사항)

눈 뼈를 매핑하였는가 (선택 사항)

적용한 에드온은 총 네 개의 UI로 나뉜다. 위에서부터 순서대로 소개 및 문서 섹션, 바디 매핑 섹션, 얼굴 매핑 섹션, 검증 결과 및 조치로 구성되어 있다. 여기서 바디 매핑 섹션은 필수로 할당해야 하며, 항목에 따라 오브젝트 할당을 마치면 유효성 검사를 진행할 수 있다.

유효성 검사를 통해 나오는 상태 아이콘은 다음과 같이 총 다섯 가지이다.

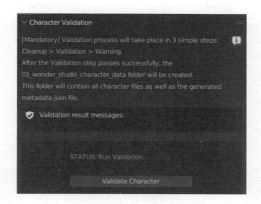

STATUS: Run Validation 유효성 검사가 아직 시작되지 않았음을 의미한다.

STATUS: Failed 유효성 검사를 다시 실행하기 전에 오류 메시지를 해결해야 함을 의미한다.

STATUS: Run Cleanup 캐릭터 장면이 유효성 검사를 다시 실행하기 전에 해결해야 하는 블렌더의 특정 요구 사항을 충족하지 않았음을 의미한다.

STATUS: Passed with Warnings 해당 캐릭터가 인증을 통과하여 사용이 가능하지만, 경고 메시지가 표시된다는 의미이다.

STATUS: Passed 해당 캐릭터가 유효성 검사를 완전히 통과하여 사용할 수 있다는 의미이다.

유효성 검사를 효과적으로 마치기 위해 에드온의 필수 요소인 바디 매핑 섹션을 할당하는 방법을 알아보자. CG 캐릭터는 외관 디자인을 더불어 해당 캐릭터의 뼈대도 함께 제작해야 한다. 이때, 캐릭터의 뼈대는 사람의 신체 구조를 파악하여 제작하는 것이 가장 효과적인데, 그 이유는 캐릭터의 얼굴과 목, 골반, 팔꿈치 등의 부위를 정확하게 파악하여야 추후 원더 스튜디오 플랫폼에서 AI가 인식한 배우의 신체 구조에 맞추어 CG 캐릭터를 할당할 수 있기 때문이다. 에드온의 바디 매핑 섹션은 캐릭터와 연결되어 있는 뼈대를 할당하는 구간으로 유효성 검사를 효과적으로 마치기 위해서는 해당 구간을 필수적으로 거쳐야 한다.

뼈대(아마튜어; bone)가 포함되어 있는 캐릭터 모델을 블렌더 프로그램에서 실행시킨다. 이때, 뼈대는 캐릭터 모델과 직접 연결되어 있어야 하며, 캐릭터는 T 포즈를 취하고 있어야 한다. 캐릭터 모델 파일로는 원더 스튜디오에서 제공하는 예시 캐릭터 파일을 사용한다. 참고로 아래 두 번째 그림처럼 캐릭터에 맞추어 뼈대가 이상적으로 분포되어 있어야 자연스럽고 퀄리티가 높은 애니메이션을 생성할 수 있다.

▌ 예제 파일 (캐릭터 다운로드 및 위치)

1. [원더 스튜디오 플랫폼] – [Tutorials 메뉴] – [CHARACTER CREATION] 항목의 [Downloads 메뉴] – [Example Characters]에서 파일 다운로드

2. [학습 자료] – [example_character_blender] 파일

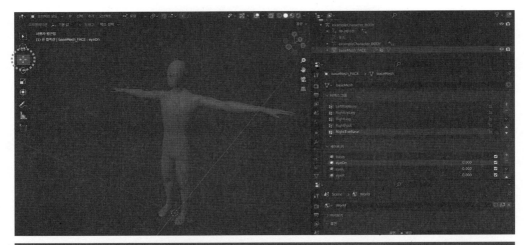

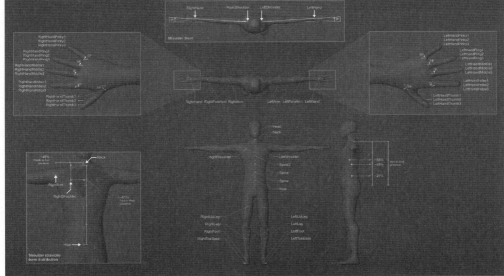

| 이미지 출처: 원더 스튜디오 튜토리얼 |

블렌더에서 ❶[아마튜어(뼈대)]를 클릭하여 ❷[아마튜어]의 이름을 확인한다. 그다음 뷰포트에 마우스 커서를 놓고 ❸[N] 키를 눌러 창을 활성화한 후, 에드온을 적용하여 생성된 ❹[Wonder Studio Character Validator] 메뉴를 클릭한다.

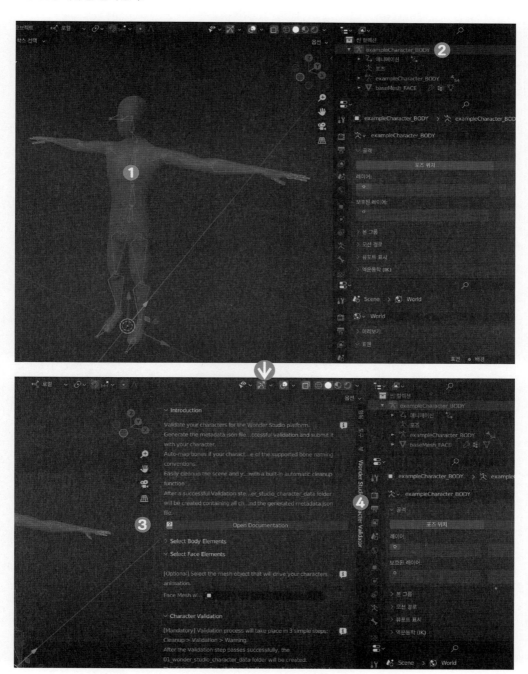

해당 메뉴에서 필수로 할당해야 하는 부분인 ❶[Select Body Elements]에서 ❷[Body Armature with Bones]를 이전에 확인했던 ❸[exampleCharacter_BODY] 아마튜어로 지정한다. 그러면 각 위치의 뼈대가 자동으로 알맞게 할당된 것을 확인할 수 있다. 이제 Character Validation 부분의 ❹[Validate Character]를 클릭하여 유효성 검사를 진행한다.

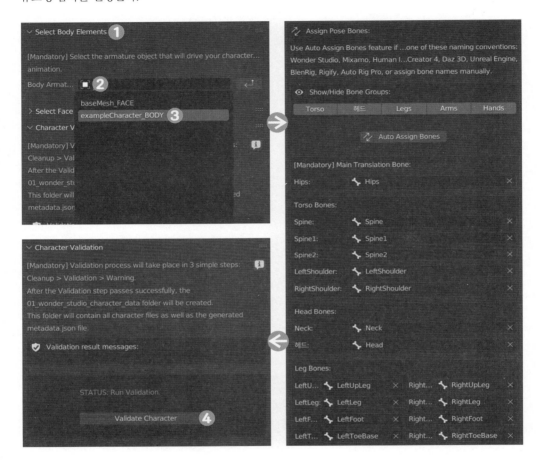

검사가 끝난 후 상태 아이콘이 "STATUS: Passed." 라고 바뀌면 해당 캐릭터 블렌더 파일이 있는 폴더에 [01_wonder_studio_character_data]로 되어있는 데이터 파일이 생성된다. 해당 파일 내에는 원더 스튜디오 플랫폼에서 캐릭터를 업로드하기 위해 필요한 블렌더 파일과 텍스처 파일, 그리고 메타 데이터 파일이 모두 내장되어 있다.

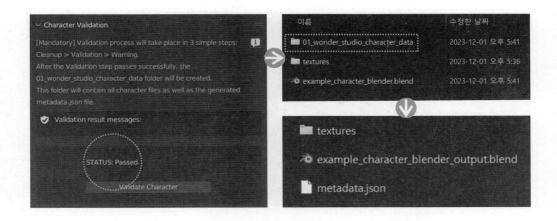

🐙 대시보드에서 업로드하기

캐릭터의 메타 데이터 파일까지 얻었다면 업로드는 매우 쉽다. 원더 스튜디오 플렛폼에서 ❶[My Assets] 메뉴로 들어간 후, 우측의 ❷❸[Upload] - [Upload Character]를 클릭한다.

캐릭터 생성 창이 뜨면 업로드 하고자 하는 ❶[캐릭터 이름]을 입력하고 ❷[Create] 버튼을 클릭한다. 이어서 ❸[I already have the Add-on]을 클릭한다.

계속해서 캐릭터 요구 사항에 맞추어 ❶[블렌더 파일과 메타 데이터.json 파일, 그리고 텍스처 파일]을 첨부한 후, ❷[Upload]를 클릭한다.

파일 업로드가 완료되면 [Validate]를 눌러 검증 프로세스를 시작한다. 캐릭터 검증을 성공적으로 시작한 후, 유효성 검사를 통과하면 업로드가 된다.

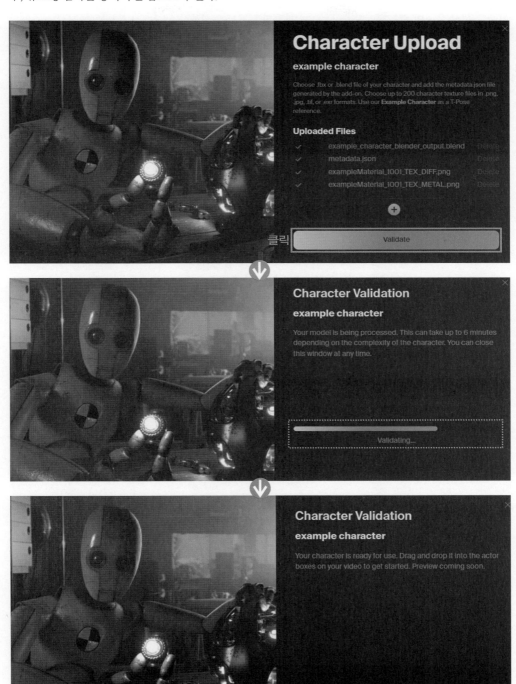

🐚 프로젝트에서 업로드하기

라이브 액션 유형의 프로젝트 또는 AI 모션 캡처 프로젝트를 실행한 상태에서 우측의 ❶[My Characters] 탭으로 이동한 후, ❷[+]를 클릭한 후 대시보드에서 업로드한 것과 동일하게 업로드하고자 하는 캐릭터의 ❸[이름]을 입력하고 ❹[Create]를 누른다.

그다음 Download Add-on에서 I already have the Add-on] 버튼을 클릭한다.

캐릭터 요구 사항에 맞추어 ❶[블렌더 파일과 메타 데이터.json 파일, 그리고 텍스처 파일]을 첨부한 후, ❷[Upload]를 클릭한다. 파일이 업로드가 완료되면 ❸[Validate]를 눌러 검증 프로세스를 진행 완료한다.

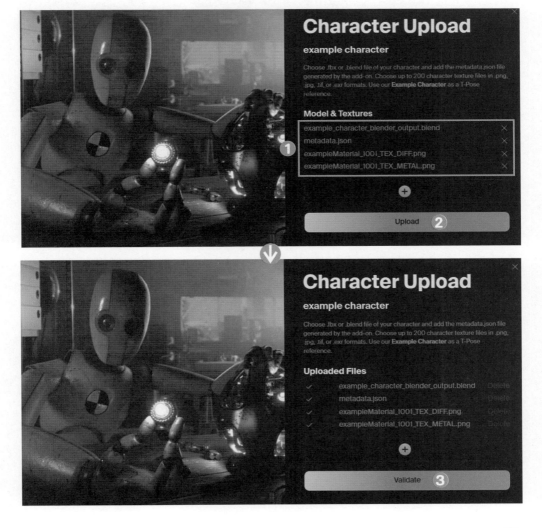

✔ 캐릭터 검증이 실패했을 때

캐릭터 검증에 실패하면 하나 이상의 오류 메시지를 받게 된다. 오류가 발생하더라도 캐릭터 슬롯을 삭제하고 새로 만들 필요 없이, 캐릭터를 다시 업로드할 수 있다. 잘못된 파일을 제거하거나 수정하고, 누락된 파일을 추가하기만 하면 된다.

← 캐릭터 검증 실패 메시지

업로드한 캐릭터는 비디오와 동일하게 원더 스튜디오 플랫폼에서 ❶[My Assets] 메뉴로 들어가 해당 캐릭터의 ❷ ⦙ [메뉴]에서 ❸[삭제]할 수 있다.

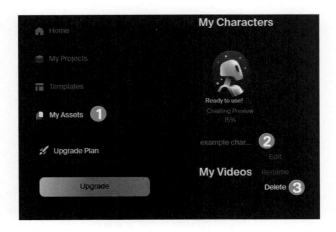

02

원더 스튜디오
이용하기

원더 스튜디오를 체험하면, 그 다양하고 강력한 기능에 반드시 놀라게 될 것이다. 처음에는 단순히 AI가 영상에 CG를 추가하는 정도로만 이해할 수 있지만, 실제로는 훨씬 광범위한 응용 가능성을 제공하는 플랫폼이다. [Part 01]에서는 원더 스튜디오의 기능과 구조에 대해 소개했다면, [Part 02]는 이러한 기본 지식을 바탕으로 실제 플랫폼 사용 경험을 담고 있다. 이론에서 실습으로 넘어가며, 플랫폼을 직접 사용하면서 그 사용법을 체득해 보는 과정을 함께한다.

BLENDER 3D &
wonder studio

라이브 액션 쉬움(Live Action Easy) 이용하기

원더 스튜디오에서 가장 쉽게 이용할 수 있는 프로젝트 유형은 라이브 액션 쉬움(Live Action Easy)이다. 이 작업 유형은 배우나 CG 캐릭터에 맞춘 복잡한 설정 없이 AI가 스캔하고 값을 조절하여 결과를 내기 때문이다. 버튼 몇 개만 조작하면 끝나는 간단한 프로젝트를 학습 자료에서 제공하는 영상을 통해 한번 사용해 보도록 하자.

🗨 한 명의 배우 & 한 개의 씬 영상 편집하기

가장 먼저 원더 스튜디오 플랫폼에서 라이브 액션 쉬움(Live Action Easy) 유형의 프로젝트를 생성한 후 [Continue] 버튼을 눌러 편집기를 실행한다.

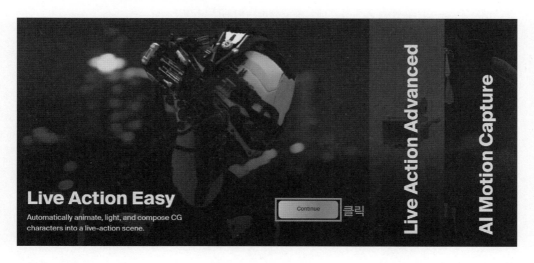

1 다음과 같이 준비된 파일을 중앙의 프레임 패널이나 하단의 타임라인 패널로 드래그하여 영상을 삽입한다.

🔖 예제 파일

[학습 자료] - [01-걷고 있는 여성.mp4]

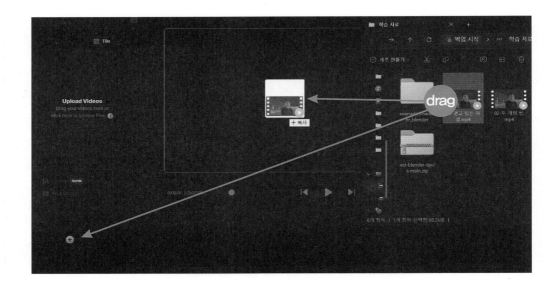

2 현재 작업 단계에서는 영상을 첨부하는 것 외로 영상을 잘라내거나 붙이는 등의 기타 편집은 할 수 없기 때문에 상단의 [Next]를 클릭하여 배우를 스캔하는 단계로 넘긴다.

3 이제 영상 속의 배우를 스캔해보자. 프레임 패널의 우측 하단을 보면 배우를 선택하라는 Choose Actor 창이 뜬다. 여기에서 ❶[Scan frame for actors]를 클릭하여 배우를 스캔한다. 스캔이 완료되면 배

우 외각에 사각형 프레임이 생긴다. 이 프레임을 클릭하여 스캔한 ❷[배우]를 선택한다.

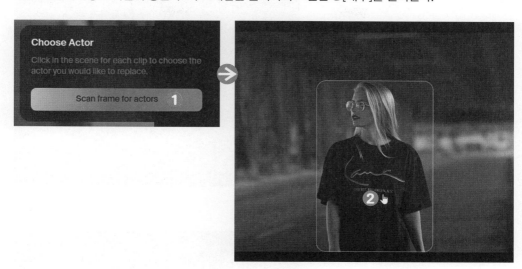

4 스캔한 배우에 원더 스튜디오에서 제공하는 CG 캐릭터를 입혀보자. 우측에 ❶[캐릭터 창]을 활성화하여 원하는 캐릭터를 ❷[선택]한 후, ❸[+Assing]을 클릭하여 적용한다. 이때 스캔한 배우의 프레임을 선택하지 않으면 [+Assing] 버튼이 활성화되지 않기 때문에 CG 캐릭터를 적용할 수 없다.

5 CG 캐릭터를 적용하게 되면 배우 프레임 안에 선택한 CG 캐릭터의 아이콘과 함께 Actro1 이라는 메뉴가 생긴다. CG 캐릭터는 삭제하지 않아도 다른 CG 캐릭터로 바꿀 수 있으니 처음에 선택한 캐릭터가 마음에 들지 않는다면 새로운 캐릭터로 바꿔보자. CG 캐릭터 적용이 끝났으면 상단에서 [Next]를 클릭한다.

6 영상을 렌더링 하기 전에 내보내기 옵션을 세팅해보자. Resolution에서 최대 화질인 ❶[1080p]를 선택한 후, 결과물을 영상으로 얻기 위해 Format에서 ❷[MP4]를 선택한다. 세팅을 모두 마쳤다면 ❸[Start Processing] 버튼을 눌러 렌더를 시작한다. 참고로 내보내기 종류에는 MP4 영상 파일뿐만 아니라 원더 스튜디오에서 제공하는 다양한 유형의 파일이 있는데, 이는 도서의 다른 파트에서 알아보자.

7 프로젝트는 원더 스튜디오 플랫폼의 [My Projects] 메뉴에서 진행 퍼센트와 예상 소요 시간을 확인할 수 있다.

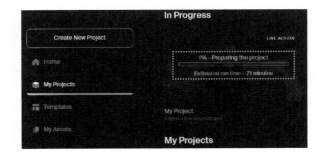

8 렌더가 모두 끝난 프로젝트는 렌더 과정을 살펴
볼 수 있었던 [My Projects] 메뉴의 In Progress 항목
에서 클릭하여 확인할 수 있다.

9 CG 캐릭터가 적용되어 완성된 영상을 직접 살펴볼 수 있고, 우측 하단의 [Export Video]를 눌러 이
전 렌더 세팅 과정에서 지정한 화소와 파일 형식을 토대로 영상을 저장할 수 있다.

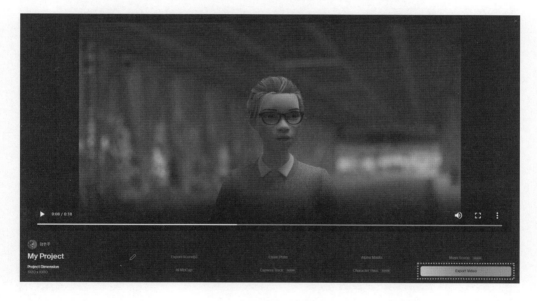

참고로 [Export Video]외의 내보내기 유형은 렌더 세팅에서 Export individual elements 항목이나 Export
Scene 항목에서 원하는 유형을 활성화하여야 이용할 수 있다.

두 개 이상의 씬 영상 편집하기

영상에서는 두 개 이상의 장면이 나올 때가 있다. 장면이 전환되면 내용에 따라 배우가 여러 명이 나올 수도 있는데, 이는 어떻게 편집해야 할지 한번 알아보도록 하자. 원더 스튜디오 플랫폼에서 이번에도 역시 라이브 액션 쉬움(Live Action Easy) 유형의 프로젝트를 생성하여 편집기를 실행한다.

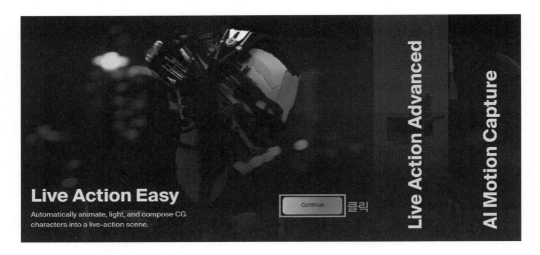

1 준비된 영상을 편집기 중앙의 프레임 패널 또는 하단의 타임라인 패널로 드래그하여 삽입한다.

📗 **예제 파일**

[학습 자료] – [02-두 개의 씬.mp4]

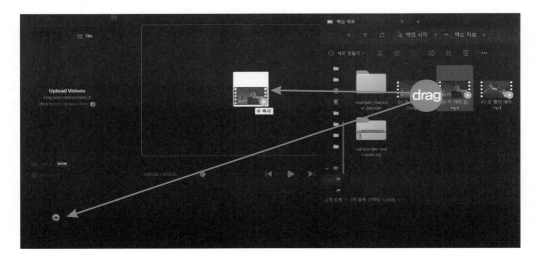

2 편집하고자 하는 영상을 첨부했다면, 상단에서 ❶[Next]를 클릭하여 배우를 스캔하는 단계로 넘어 간다. 그다음 여성이 걷는 첫 번째 씬에서 ❷[Scan frame for actors]를 클릭하여 여성 배우를 스캔한다.

3 여성 배우 외각에 생긴 ❶[사각 프레임]을 선택한 후, 우측에서 원하는 ❷❸[CG 캐릭터]를 드래그 하여 적용한다.

4 여성 배우에 CG 캐릭터를 적용했으면, 하단의 타임라인에서 ❶[두 번째 씬]으로 프레임을 이동한 후, 다시 ❷[Scan frame for actors]를 클릭하여 배우를 스캔한다. 노동하는 남성 배우 외각에 사각형 프 레임이 생겼다면, 우측에서 원하는 ❸❹[CG 캐릭터]를 끌어다 적용한다.

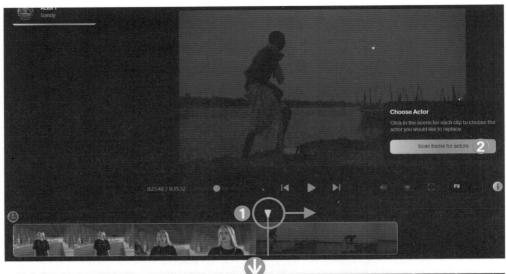

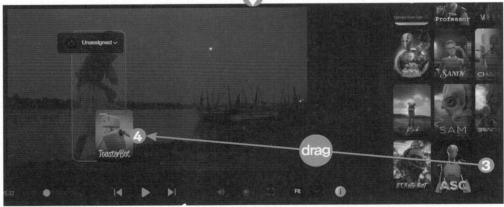

5 두 번째 씬까지 모두 스캔하여 CG 캐릭터를 적용했다면 상단의 [Next]를 클릭하여 렌더 세팅을 진행한다.

6 화소는 ❶[1080p]에 ❷[MP4] 파일로 세팅을 진행한 후, 하단의 ❸[Start Processing]을 클릭한다. 이 외의 내보내기 형식은 따로 활성화하지 않는다.

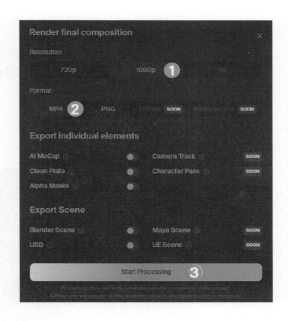

7 렌더 과정까지 마친 후, 완료된 프로젝트를 살펴보면 두 개의 씬이 모두 편집된 것을 확인할 수 있다. 만약 두 번째 씬에서 배우 스캔과 CG 캐릭터 삽입을 진행하지 않는다면, 추후 결과물에서 첫 번째 씬에서만 배우에게 CG 캐릭터가 적용된 모습을 확인할 수 있다. 이처럼 두 개 이상의 씬이라면 원하는 씬에서 배우를 스캔하고, CG 캐릭터를 삽입할 수 있다.

두 명 이상의 배우 영상 편집하기

지금까지는 하나의 장면에서 배우 한 명만 나오는 영상을 편집하거나 두 개의 장면에서 각 다른 배우가 한 명씩 나오는 영상을 편집해 보았다. 그렇다면 하나의 장면에서 두 명 이상의 배우가 동시에 나오는 영상은 어떻게 편집할까? 이번에 이 방법에 대해 알아보도록 하자. 살펴보기 위해 이전과 같이 [라이브 액션 쉬움(Live Action Easy)] 유형의 프로젝트를 실행한다.

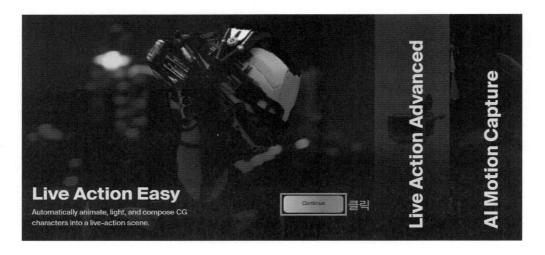

1 준비된 영상을 편집기 중앙의 프레임 패널 또는 하단의 타임라인 패널로 드래그하여 삽입한다.

🚩 **예제 파일**

[학습 자료] – [03-두 명의 배우.mp4]

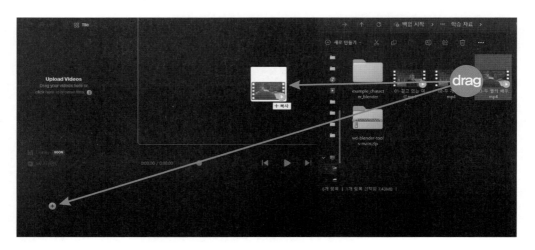

2 상단에 [Next]를 클릭하여 배우 스캔 단계로 넘어간다.

3 하단 타임라인에서 영상 속 두 명의 배우가 모두 잘 나와있는 프레임을 찾아 조절한 후, 해당 프레임에서 [Scan frame for actors]를 클릭하여 두 명의 배우를 스캔한다.

4 그러면 배우를 모두 스캔하면 두 명의 배우 외각에 사각형 프레임이 생긴 것을 확인할 수 있다. 여기서 원하는 배우의 [프레임]을 선택한 뒤(이전 학습의 3, 4번 참고), 우측에서 원하는 ❶❷[CG 캐릭터]를 삽입한다. 이때, 한 명의 배우 또는 두 명의 배우에게 모두 CG 캐릭터를 삽입해도 상관없다. 원하는 배우에게 원하는 CG 캐릭터를 삽입했다면 상단의 ❸[Next]를 클릭한다.

이어서 출력 설정창에서 해당 학습자료의 원본 영상은 최대 화소가 720p이기 때문에 그 이상의 화소를

선택할 수 없다. 그러므로 ④[720p] 화
소에 ⑤[MP4] 파일 형식으로 하여 하단
의 ⑥[Start Processing]을 클릭한다.
참고로 지금의 프로젝트도 기타 내보내
기 유형은 활성화하지 않는다.

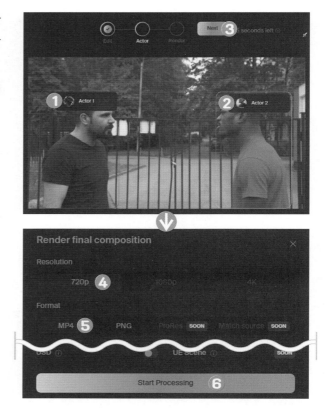

⑤ 렌더 과정을 마친 후에는 완료된 프로젝트를 클릭하여 완성된 영상을 확인할 수 있다.

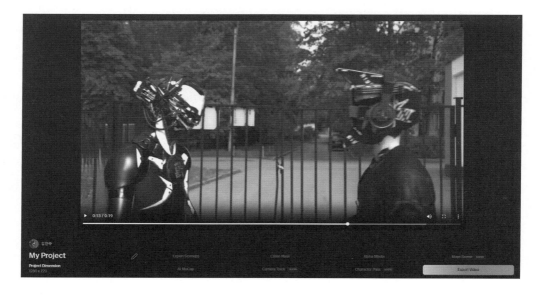

✔ 화면 속 배우(캐릭터)의 스캔 문제

최종 프로세싱 과정에서 화면 속 배우가 겹치거나, 화면 밖으로 나가서 잘리는 등의 프레임은 AI 원더 스튜디오는 배우를 제대로 스캔할 수 없기 때문에 결과물에서 원본 배우의 모습이 그대로 나타나거나 CG 캐릭터가 꼬이는 현상, 그리고 아예 사라지는 등의 문제가 발생할 수 있는데, 이는 플랫폼에서 주력인 CG 삽입 부분에서 가장 큰 문제점이라 보지만, 원더 스튜디오가 빠른 간격으로 계속 업데이트되기 때문에 추후 해결될 것으로 보인다.

원본 배우의 모습이
그대로 남아 있는 모습

라이브 액션 고급(Live Action Advanced) 이용하기

앞서 학습한 AI가 모두 스캔하고 설정하는 라이브 액션 쉬움(Live Action Easy) 유형의 프로젝트는 비교적 사용하기 쉬운 유형으로, 여러가지 형태의 영상을 사용하여 편집하는 과정을 살펴보았다. 이번 프로젝트는 라이브 액션 고급(Live Action Advanced) 유형으로, 이전 프로젝트 유형보다 복잡하지만, 세세한 부분을 사용자가 직접 설정할 수 있는 장점을 가지고 있다. 이제부터 해당 유형을 직접 사용해 보면서 익혀보도록 하자.

영상 편집하기

원더 스튜디오 플랫폼에서 라이브 액션 고급(Live Action Advanced) 유형의 프로젝트를 생성하여 프로젝트 편집기를 실행한다.

해당 프로젝트 유형은 영상 속 샷 유형에 따라 설정할 수 있는 옵션 값이 달라지기 때문에 다음의 영상을 편집기 중앙의 프레임 패널이나 하단의 타임라인 패널로 드래그한다.

📌 예제 파일

  [학습 자료] – [04-Full Shot.mp4]

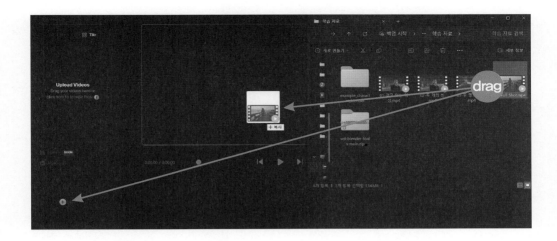

액터 할당하기

1 영상을 첨부했다면 이제 상단의 [Next]를 클릭하여 배우 스캔 단계로 넘어간다.

2 일단 전역 설정(Global Settings) 먼저 살펴보도록 하자. 배우 단계에서 진행하는 모든 설정은 이전 [Part01 원더 스튜디오(Wonder Studio) 시작하기] – [04. 프로젝트 유형] 파트에서 설명했던 것을 참고하도록 한다.

3 첨부한 영상은 따로 바뀌는 씬 없이 처음부터 끝까지 동일한 배우가 등장하기 때문에 **①**[ReID Mode]는 [Off]로 설정한다. 그리고 영상 내에서 오디오는 첨부되어 있지 않기 때문에 활성화 되어있는 **②**[Keep Audio]를 클릭하여 비활성화한다. 그 외의 Focal Length 값과 Keep Letterbox는 손대지 않고 기본 상태로 사용한다.

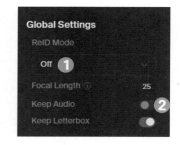

4 이렇게 영상에 대한 기본 설정이 끝났다면, 배우를 스캔해 보자. 프레임 패널에서 [Scan frame for actors]를 클릭하여 영상 속 배우를 스캔한다.

5 스캔한 배우의 **①**[프레임]을 선택한 후, 우측에서 원하는 **②③**[CG 캐릭터]를 끌어다 삽입한다.

6 이제 설정한 CG 캐릭터를 대상으로 고급 리타겟팅(Advanced Retargeting) 설정을 먼저 진행해 보자. 일단 영상 속 배우의 크기와 발끝에 맞추어 CG 캐릭터 사이즈와 위치를 고정하기 위해 활성화 되어 있는 **①**[Scale Character]와 **②**[To Feet] 값으로 지정되어 있는 Pelvis Offset 옵션은 그대로 유지한다.

그 외의 CG 캐릭터의 발과 손목의 위치를 영상 속 배우와 동일 시 하기 위하여 ❸[Feet IK]와 ❹[Wrists IK] 옵션은 클릭하여 활성화한다. 이때, 지정한 CG 캐릭터의 형태가 배우의 형태와 차이가 크게 난다면 캐릭터의 팔다리의 길이가 부자연스럽게 늘어날 수 있으니 주의하자.

7 이어서 고급 기능(Advanced Features) 옵션을 설정해 보자. 해당 영상에서 배우는 전신이 나와있음을 확인할 수 있다. 여기서 배우의 전신이 나와있는 샷은 와이드 샷(Wide Shot)이기 때문에 Shot Type을 ❶❷[Wide]로 변경한다.

8 영상을 재생해 보면 배우가 걷는 행동을 취하고 있을 것이다. 이는 가만히 서있거나 앉아있는 것처럼 움직임이 느린 행위가 아니고, 달리거나 춤추는 것처럼 움직임이 빠른 행위도 아니므로 Motion Type은 ❶❷[Medium]으로 변경한다.

9 마지막으로 해당 영상은 와이드 샷으로 배우의 얼굴 표정부터 하여 발과 손 등 전신이 모두 나와있기 때문에 배우의 얼굴을 추정하는 [Estimate Face]와 배우의 손을 추정하는 [Estimate Hands], 부동

및 접점 문제를 최소화하는 [Feet Lowering], 발과 바닥이 접촉하
는 위치를 추정하고 발 미끄러짐을 최소화하는 [Feet Contacts]는
모두 활성화한 채로 둔다.

참고로 Estimate Face는 영상 속 배우의 얼굴을 추정해서 CG 캐릭
터 얼굴을 표현하는 옵션이므로 자신이 선택한 CG 캐릭터가 얼굴
표정을 표현할 수 없는 캐릭터라면 자동으로 비활성화된다.

렌더 설정하기

배우를 스캔하고 CG 캐릭터 할당과 해당 설정을 모두 끝냈다면 ❶[Next]를 클릭하여 렌더 설정 단계로
넘어간다. 렌더 설정에서 화소는 ❷[1080p], 파일 형식은 ❸[MP4]로 지정한다. 여기서 내보내기 종류에
는 MP4와 PNG 파일뿐만 아니라 원더 스튜디오에서 제공하는 다양한 유형의 파일이 있는데, 이는
Export individual elements와 Export Scene 항목에 있는 것들로 도서의 [Part 02 원더 스튜디오(Wonder
Studio) 이용하기] – [04. 내보내기] 단계에서 자세히 알아보기 위해 USD를 제외한 ❹[내보내기 유형]을
모두 활성화한다. 설정을 마쳤다면 하단의 ❺[Start Processing]을 클릭한다.

렌더 과정을 마친 후에 완료된 프로젝트를 클릭하여 영상을 확인할 수 있다. 또한, 렌더 세팅 단계에서

내보내기 유형을 모두 활성화하였기 때문에 [Export Video]를 제외한 나머지 내보내기도 이용할 수 있다.

AI 모션 캡처(AI Motion Capture) 이용하기

AI 모션 캡처 유형은 기존의 라이브 액션 모드와 이용 용도가 완전히 다른 프로젝트 유형이다. 기존 라이브 액션 유형의 프로젝트는 온전히 영상을 편집하고, 영상 속 배우에게 CG 캐릭터를 입혔다면, AI 모션 캡처 유형의 프로젝트는 영상에서 등장하는 배우의 움직임을 추적하고, 이를 통해 애니메이션 데이터를 얻는다. 결과적으로, 애니메이션 데이터를 얻기 위한 목적의 프로젝트이기 때문에 FBX 형태의 파일 또는 USD 형태의 파일로 저장한다. FBX 파일은 여러 3D 프로그램에서 실행이 가능하므로 이전 라이브 액션 고급(Live Action Advanced) 유형의 프로젝트에서 사용한 [04-Full Shot.mp4] 영상을 이용하여 애니메이션 데이터 파일을 얻고, 이를 3D 프로그램인 Blender에서 실행시키는 과정까지 따라해 보기로 한다.

🗨 영상 편집하기

다른 유형의 프로젝트를 실행했던 것처럼 원더 스튜디오 플랫폼에서 AI 모션 캡처(AI Motion Capture) 유형의 프로젝트를 생성한 후 [Continue] 버튼을 눌러 프로젝트 편집기를 실행한다.

AI 모션 캡처에서 사용할 영상은 이전 라이브 액션 고급(Live Action Advanced) 이용하기에서 사용했던 파일이기 때문에 좌측의 ❶[My Assets] 메뉴로 들어가서 업로드 되어있는 ❷[04. Full Shot.mp4] 파일을 중

앙의 프레임 패널 또는 하단의 타임라인 패널로 ❸[드래그]해 놓으면 된다.

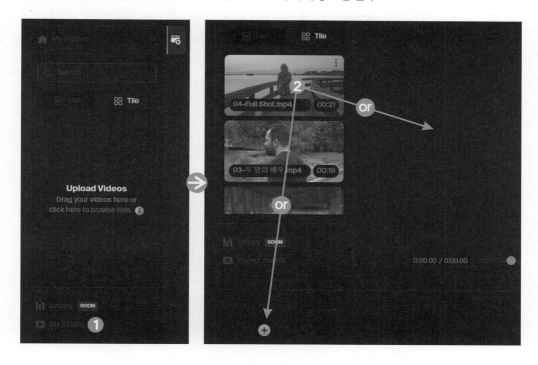

액터 할당하기

1 영상을 첨부했다면 상단의 [Next]를 클릭하여 배우를 스캔하는 단계로 넘어가자.

2 배우를 스캔하기 전에 라이브 액션 고급 유형의 프로젝트와 동일하게 전역 설정(Global Settings) 부분을 먼저 설정한다. 해당 프로젝트는 결과물이 영상이 아닌 애니메이션 데이터 파일이기 때문에 오디오 유무와 레터박스 유지 유무에 대한 설정 항목은 포함되어 있지 않다. 그렇기 때문에 이전 프로젝트에서 설정한 값과 동일하게 ReID Mode를 [Off]로 변경한다. 그 외의 Focal Length 값은 변경하지 않는다.

3 이제 프레임 패널에서 ❶[Scan frame for actors]를 클릭하여 배우를 스캔한다. 그다음 스캔한 배우의 외각 ❷[프레임]을 클릭하여 선택한 후, 우측에서 원하는 ❸❹[CG 캐릭터]를 끌어다 적용한다.

4 적용한 CG 캐릭터의 옵션을 변경해 보자. 해당 옵션에서의 고급 리타겟팅(Advanced Retargetting)도 이전 프로젝트에서 설정했던 것처럼 [Scale Character], [Feet IK], [Wrists IK]를 모두 활성화하고 Pelvis Offset은 To Feet를 그대로 유지한다.

5 고급 기능(Advanced Features)도 이전 프로젝트에서 설정했던 것과 같이 변경한다. 다만, AI 모션 캡처(AI Motion Capture) 유형의 프로젝트에서는 라이브 액션 고급(Live Action Advanced) 유형의 프로젝트와 다르게 Estimate Face와 Estimate Hands, Feet Lowering, Feet Contacts 유무 설정이 없기 때문에 Shot Type과 Motion Type만 각각 ❶[Wide], ❷[Medium]으로 변경한다.

🗨 렌더 설정하기

최종 출력을 하기 위한 전역(2번 과정에서 진행한 Global Settings) 설정과 CG 캐릭터에 대한 고급 설정이 모두 끝났다면, 상단의 [Next]를 클릭하여 렌더 설정 단계로 넘어간다.

AI 모션 캡처(AI Motion Capture)의 렌더 설정 단계에서는 Output Format에서 최종적으로 출력하고자 하는 파일 유형을 설정할 수 있다. 그 외의 Features는 내보낼 때 추가할 기타 세부 사항인데, 이는 아직 출시하지 않아서 사용자가 설정할 수 있는 부분이 없다. 우리는 여기서 얻은 애니메이션 데이터 파일을 3D 프로그램에서 실행시킬 것이기 때문에 ❶[FBX] 파일 유형으로 선택한 후, 하단의 ❷[Start Processing]을 클릭하여 렌더를 시작한다.

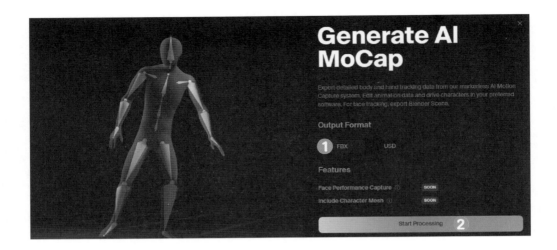

렌더가 완료된 프로젝트는 다른 유형의 프로젝트와 다르게 클릭했을 때, 결과 영상을 보여주지 않고, 렌더 설정에서 지정한 유형에 맞추어 파일을 저장한다.

블렌더 3D에서 FBX 파일 실행하기

앞서 원더 스튜디오에서 완성된 프로젝트 파일은 다운로드 폴더에 저장된 상태이다. 이 프로젝트를 사용하기 위해 해당 파일이 있는 다운로드 폴더로 들어가서 압축(Zip)되어 있는 [output_pose.zip] 파일을 풀어 놓아야 한다. 윈도우 10, 11에서는 기본적으로 압축 해제가 가능하지만, 용이하지 않다면 알집, 윈집, 반디집 등의 압축 프로그램을 설치하여 풀어 줄 수 있다.

1 압축을 풀었다면 블렌더 3D 프로그램을 실행한다. 참고로 실행할 때 뜨는 [스플레쉬] 화면은 무시하고, 파일 형식을 [일반]으로 지정한다.

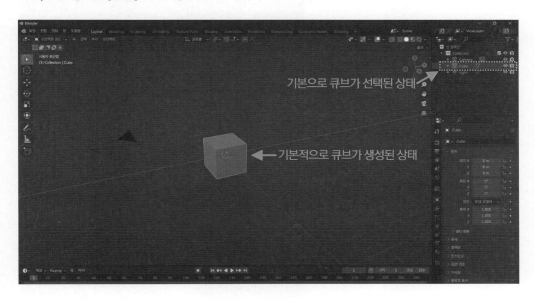

2 실행된 블렌더 3D에서 ❶[A] 키를 눌러 생성되어 있는 오브젝트(카메라, 큐브, 라이트)를 모두 선택한 후, ❷[Delete] 키를 눌러서 삭제한다.

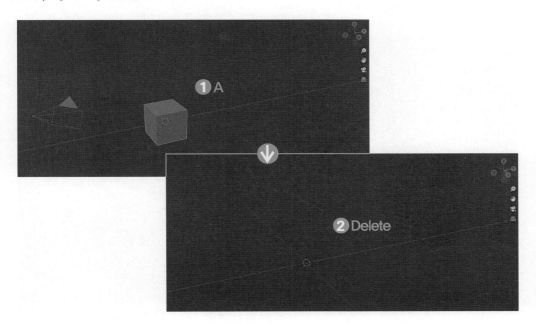

3 이제 프로젝트 파일(FBX 파일)을 블렌더로 가져와 보자. 좌측 상단 풀다 운 메뉴에서 ❶❷❸[파일] – [가져오기] – [FBX (.fbx)] 메뉴를 클릭한다.

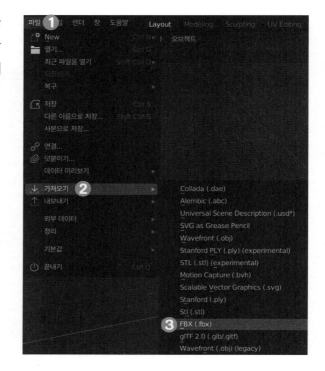

4 블렌더 파일보기 창에서 ❶[Downloads] 메뉴를 선택한 후 상단 ❷[경로]를 클릭해서 압축을 푼 폴 더를 찾아 들어간 후 ❸[Actor 1.fbx] 파일을 선택한다. 그다음 하단의 ❹[FBX를 가져오기]를 클릭한다.

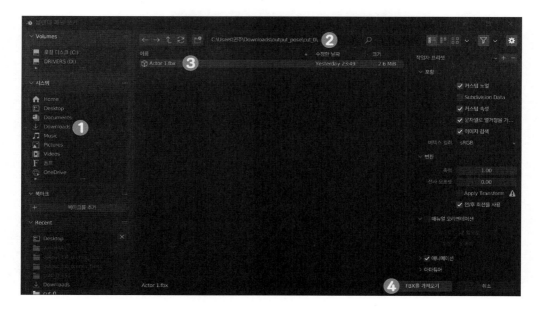

5 AI 모션 캡처는 원더 스튜디오에서 AI가 첨부한 영상 속의 배우 관절과 움직임을 파악하여 결과물을 만들어 주기 때문에, 이를 통해 얻은 FBX 파일을 블렌더와 같은 3D 프로그램으로 업로드하면, 그림과 같이 배우의 관절을 본 딴 아마튜어와 카메라를 확인할 수 있다.

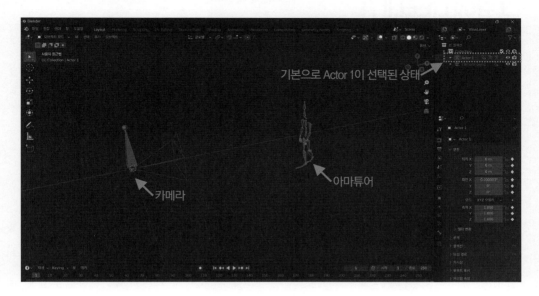

6 이 상태에서 키보드 우측에 있는 [Num 0] 키를 누르면, 카메라 시점을 확인할 수 있고, [Space] 키를 누르면 애니메이션을 재생할 수 있다.

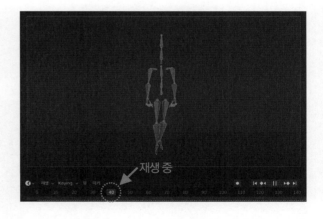

살펴본 것처럼 AI 모션 캡처는 결과물 퀄리티가 매우 높아, 고가의 모션 캡처 장비를 이용하지 않고도 퀄리티 높은 모션을 쉽게 만들어 줄 수 있다. 이는 애니메이션이나 게임 등 다양한 분야에서 매우 유용성을 발휘하게 된다.

10

그밖에 내보내기

원더 스튜디오는 AI 모션 캡처 유형을 제외한 라이브 액션 유형의 프로젝트는 MP4와 PNG 파일 외에도 다른 요소로 내보낼 수 있는 기능이 존재한다. 해당 요소는 총 11가지로 AI 모캡(AI MoCap), 클린 플레이트(Clean Plate), 알파 마스크(Alpha Masks), 카메라 트랙(Camera Track), 캐릭터 패스(Character Pass), 블렌더 장면(Blender Scene), 마야 장면,(Maya Scene), UE 장면(UE Scene), USD로 구성되어 있다. 이 중에서 캐릭터 패스는 출시 예정 상태로 24년 3월 기준, 아직은 사용할 수 없다.

그밖에 내보내기 요소는 앞서 [Part 01 원더 스튜디오(Wonder Studio) 시작하기] – [02. 원더 스튜디오 시작하기] – [프로젝트의 내보내기 유형]에서 설명한 적이 있지만, 실제로 이용해보지는 않았다. 그러므로 이번 챕터에서는 라이브 액션 고급(Live Action Advanced) 이용하기의 렌더 설정 과정에서 활성화했던 내보내기 요소들을 저장하고, 이 중 몇 가지를 직접 실행시켜보는 과정을 살펴보기로 한다.

🐭 블렌더 씬 (Blender Scene)

블렌더 씬은 블렌더 3D에서 작업하기 위한 프로젝트로, 살펴보기 위해 앞서 라이브 액션 고급(Live Action Advanced) 챕터에서 제작한 프로젝트 결과물을 사용하기 위해 ❶[My Projects]에서 ❷[선택]한다.

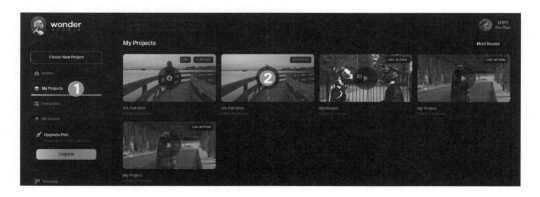

블렌더 씬은 블렌더 3D에서 작업하기 위한 프로젝트로, 살펴보기 위해 앞서 라이브 액션 고급(Live Action Advanced) 챕터에서 제작한 프로젝트 결과물을 사용하기 위해 ❶[My Projects]에서 ❷[선택]한다.

열린 프로젝트에서 하단의 ❶[Export Scene(s)]에서 ❷[Blender Scene]을 클릭하여 해당 파일을 저장한다. 저장 파일은 해당 폴더로 들어가 압축된 [output_full_Scenes_files.zip] 파일을 풀어 준다.

압축이 해제된 폴더로 들어가면 블렌더 3D 파일과 메모장 파일이 있는 것을 확인할 수 있다. 블렌더 파일을 실행하면, 해당 프로젝트로 제작한 영상을 토대로 배우의 모습에 CG 캐릭터를 입힌 3D 애니메이션을 확인할 수 있지만, CG 캐릭터에 대한 텍스처 파일이 없기 때문에 제대로 된 결과물을 얻을 수 없다. 그러므로 먼저 텍스처 파일을 얻기 위하여 [README] 메모장 파일을 실행한다.

메모장이 열리면, 링크된 ❶[웹사이트 주소]를 복사(Ctrl+C)하여 인터넷 ❷[주소창]에 붙여넣기(Ctrl+V)하여 해당 사이트를 열어준다. 참고로 필자는 작업의 편의를 위해 크롬 브라우저를 사용하였다.

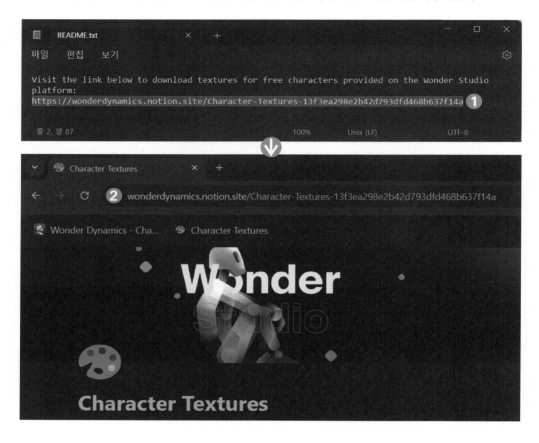

해당 웹사이트에는 원더 스튜디오 플랫폼에서 무료로 제공하는 CG 캐릭터의 텍스처 파일을 저장할 수 있다. 여기에서 자신이 설정한 CG 캐릭터를 찾아 텍스처 파일을 [저장]한다.

저장한 텍스처 파일도 다운로드 폴더 위치에 ❶❷[압축]을 풀어 준다. 그다음 앞서 압축을 풀어 놓았던 ❸[블렌더] 파일을 실행한다.

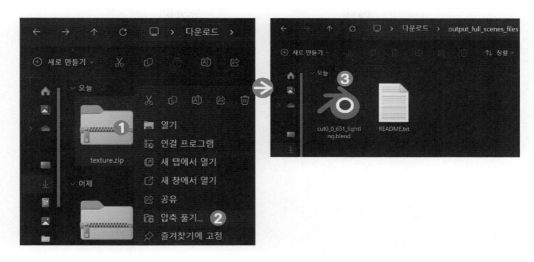

실행된 블렌더의 뷰포트에서 ❶[Z] 키를 눌러 셰이딩을 머티리얼(매테리얼) 미리보기로 변경한다. 그러면 CG 캐릭터의 이미지 텍스처가 누락되어 제대로 보이지 않고, ❷[분홍색]만 보이는 것을 알 수 있다.

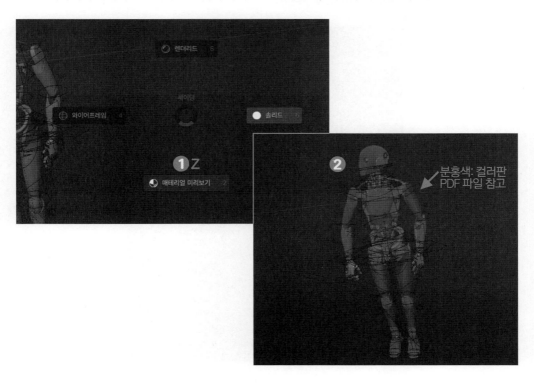

이미지가 누락(텍스처 경로를 찾지 못함)되어 있는 것을 확인하였다면, 다시 [Z] 키를 눌러서 뷰포트 셰이딩을 [솔리드]로 변경한다. 이후에 적용하고자 하는 이미지 텍스처의 양이 방대하기 때문에 텍스처를 보여주는 머티리얼 미리보기나 렌더리드로 뷰포트 셰이딩을 적용하게 된다면 프로그램이 닫힐 수 있다. 그러므로 누락된 이미지 텍스처를 찾기 전, 텍스처를 보여주지 않는 뷰포트 셰이딩으로 변경한다.

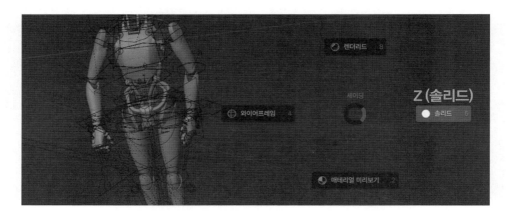

이제 누락된 이미지 텍스처들을 한 번에 찾아 적용해 보자. 좌측 상단의 풀다운 메뉴에서 ❶❷[파일] − [외부 데이터]에서 ❸[누락된 파일 찾기]를 클릭한다.

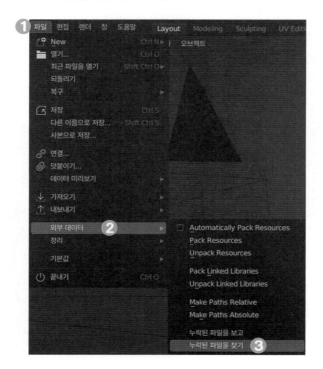

블렌더 파일 보기 창이 열리면 이전에 압축을 풀었던 ❶[텍스처 파일] 경로로 들어간 후, ❷[누락된 파일을 찾기]를 클릭한다.

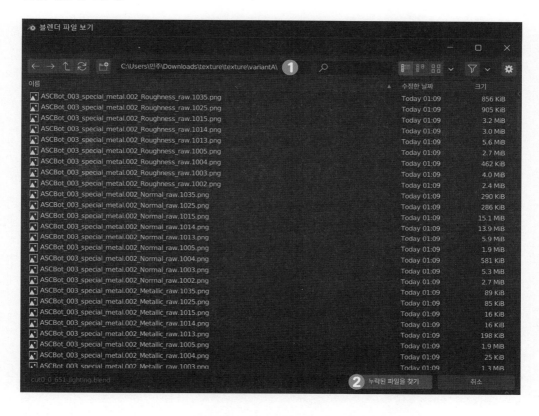

위 방법을 통해 텍스처 이미지를 한 번에 찾아서 적용할 수 있지만, 누락된 링크 또는 경로와 관련하여 경고 메시지가 뜰 수도 있다. 이럴 때는 [F12] 키를 눌러 테스트 용으로 렌더링을 한 후, 텍스처가 성공적으로 적용되었는지 확인한다. 텍스처가 성공적으로 적용되었다면 경고 메시지는 무시하고, 반대로 적용되지 않았다면 이전 과정을 다시 진행하여 누락된 파일을 찾는다.

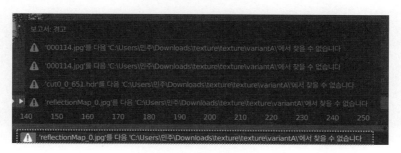

| 텍스처 파일 누락 경고 메시지 |

모든 텍스처가 제대로 적용됐다면 아래 그림처럼 CG 캐릭터에 텍스처가 정상적으로 나타나는 것을 알 수 있다.

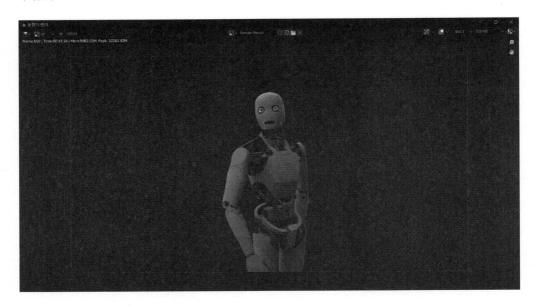

CG 캐릭터에 텍스처까지 대제로 입혀졌다면, 이제 뷰포트에서 키보드에서 [Num 0] 키를 눌러 카메라 시점으로 화면을 변환할 수 있고, [Space] 키를 눌러 애니메이션 재생을 할 수 있다.

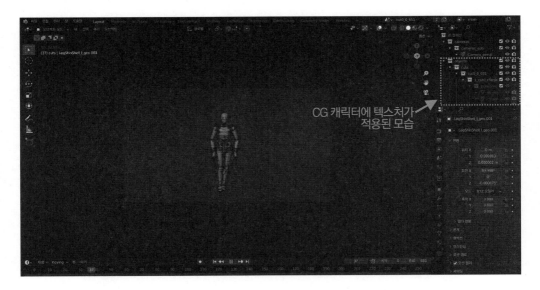

🪨 클린 플레이트 (Clean Plate)

클린 플레이트는 작업한 씬을 시퀀스 형태의 이미지 파일들로 만들어 주는 기능이다. 살펴보기 위해 라이브 액션 고급(Live Action Advanced) 파트에서 제작한 프로젝트를 열어 준 후, 결과물 하단의 [Clean Plate]를 클릭하면 블렌더 씬(Blender Scene)과 마찬가지로 파일을 저장할 수 있다.

저장된 다운로드 폴더로 들어간 후 [Clean_plates.zip] 파일의 압축을 푼다. 그리고 압축을 푼 폴더로 들어가면 프로젝트 영상에서 배우의 모습만 지운 각 프레임의 이미지(jpg) 들이 번호가 붙은 시퀀스 파일 형식으로 만들어진 것을 알 수 있다. 물론 배우의 모습을 완벽하게 지워주지 않지만, 다른 영상 또는 기타 작업물에 배경으로 쓰는 용도로는 적합하다.

알파 마스크 (Alpha Masks)

알파 마스크는 합성을 위한 알파 채널 이미지를 만들 때 사용된다. 살펴보기 위해 라이브 액션 고급(Live Action Advanced) 파트에서 제작한 프로젝트를 열어 준 후, 결과물 하단의 [Alpha Maskste]를 클릭하여 파일을 저장한다.

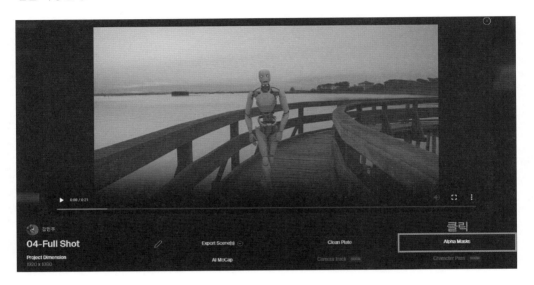

저장된 다운로드 폴더로 들어간 후 [output_alpha_masks.zip] 파일의 압축을 푼다. 그리고 압축을 푼 폴더로 들어가면 영상 속 배우의 모습을 AI가 스캔하여 마스크를 적용한 PNG 유형의 파일들을 확인할 수 있다. 이러한 알파 마스크는 프로젝트 영상을 편집할 때, 원하는 프레임에서 배우 또는 배경에서 필요한 범위를 쉽게 선택하여 편집할 수 있다. 또는 해당 마스크를 토대로 이미지를 합성하거나 이미지를 연결하여 애니메이션을 만드는 등의 작업을 진행할 수 있다.

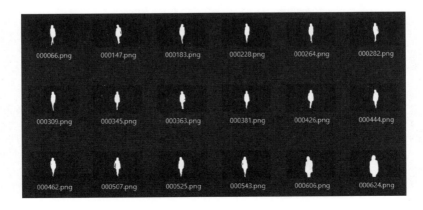

AI 모션 캡처 (AI MoCap)

AI 모캡은 앞선 학습에서도 살펴본 적이 있듯, 영상 속 배우의 움직임을 애니메이션 데이터로 사용할 수 있다. 살펴보기 위해 앞서 사용한 라이브 액션 고급(Live Action Advanced) 파트에서 제작한 프로젝트를 열어 준 후, 결과물 하단의 [AI MoCap]을 클릭하여 파일을 저장한다. 저장한 파일의 압축을 푼 폴더로 들어가면 [Actor 1.fbx] 파일을 확인할 수 있다.

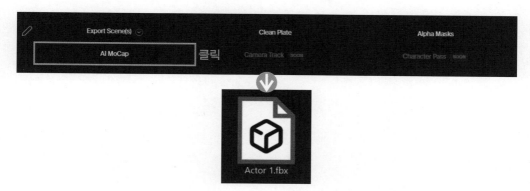

Actor 파일은 AI 모션 캡처(AI Motion Capture) 유형의 프로젝트와 동일한 결괏값으로 블렌더 프로그램에서 [파일] – [가져오기] – [FBX(.fbx)]을 통해 가져와 사용할 수 있다. 이 파일은 FBX 유형의 파일이기 때문에 블렌더 에도 3ds Max, Maya 등 여러 3D 프로그램에서 실행시킬 수 있으며, 그 외에도 Unity, Unreal 등 게임에 최적화 되어있는 엔진에서도 사용할 수 있다. 이처럼 FBX는 프로그램 또는 플랫폼에서 업로드하기 쉬운 파일 유형이기 때문에 이용가치가 높다.

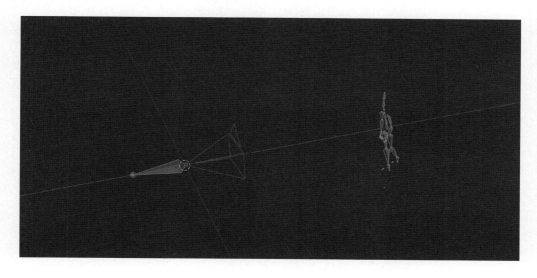

03

원더 스튜디오
응용하기

Part 01에서는 원더 스튜디오 플랫폼에 대한 기본적인 정보와 기능에 대해 알아보았고, 이어서 제공되는 기능의 세부적인 요소까지 알아보며 플랫폼을 시작하고 이용하는 과정을 Part 02에서 살펴보았다. 이번에 학습할 Part 03에서는 앞서 학습한 플랫폼의 방대한 정보를 응용하고 활용하며 직접 CG 캐릭터까지 제작하여 작품을 만들어 볼 것이다. 여기서 학습한 내용은 개인 작품 제작을 넘어서 구독료까지 해결할 수 있는 수익 창출 과정에 대한 아이디어를 얻을 수 있도록 플랫폼의 이용 가치를 높여보자.

BLENDER 3D &
wonderstudio

나만의 CG 캐릭터 만들기

유튜브 쇼츠 또는 3D 애니메이션, 3D 게임 캐릭터 등 원더 스튜디오를 이용하여 수익을 창출하는 방법을 알아보기에 앞서, 해당 과정에서 이용할 CG 캐릭터를 원더 스튜디오에서 제공하는 것이 아닌 캐릭터를 새로 만들어보고자 한다. 해당 파트는 온전히 제작 과정을 따라함으로써 캐릭터를 만들고 플랫폼에 업로드 하는 과정을 익혀보는 것으로 만들고 싶은 자신만의 캐릭터 디자인이 있다면, 원하는 대로 캐릭터를 제작해 보자. 참고로 현재 원더 스튜디오 플랫폼은 블렌더 3D 3.6.2 버전만 지원하기 때문에 이에 따라 본 도서는 해당 버전을 기준으로 다룰 것임을 유념한다.

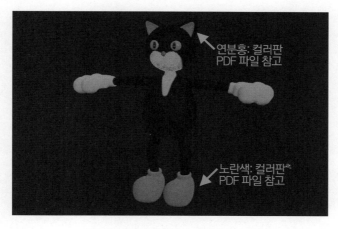

| 이번 학습에서 제작할 캐릭터의 모습 |

블렌더 3D 3.6.2 설치하기

현 기준(2024. 3월), 블렌더 3D 버전은 4.0,2까지 출시되었다. 그러므로 블렌더 웹사이트로 들어가면 4.0.2 버전으로 설치할 수 있도록 안내를 한다. 하지만, 원더 스튜디오 플랫폼은 현재 블렌더 3.6.2 버전만 지원하기 때문에 이번 과정에서는 최신 버전이 아닌 해당 버전으로 블렌더 프로그램을 설치하는 방법에 대해 알아 볼 것이다.

먼저 블렌더를 다운로드받기 위해 구글 검색창(크롬 브라우저 기준)에 [blender.org]를 입력하여 검색한다. 그러면 블렌더 웹사이트가 곧바로 열린다.

Google

> 🌐 blender.org　입력 후 엔터　🎤 📷

블렌더 웹사이트가 열리면 상단에서 [Download] 메뉴를 클릭하여 다운로드 페이지로 이동한다. 참고로 블렌더 웹사이트의 화면은 버전 업데이트에 따라 달라질 수 있다.

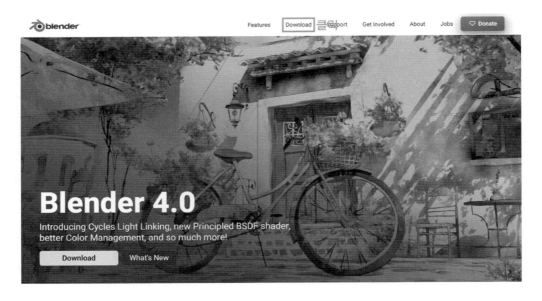

다운로드 창 화면 중앙에는 최신 버전의 블렌더가 있을 것이다. 하지만 본 도서에서는 블렌더 3.6.2를 설치해야 하기 때문에 상단 메뉴에서 ❶❷[Release Notes] - [3.6 LTS]를 클릭하여 이동한다.

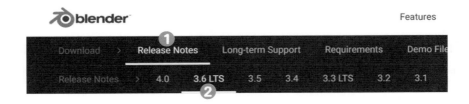

화면 중앙에 있는 ❶[Download Blender 3.6 LTS]를 클릭한 후, 열린 페이지 화면을 아래로 내려 보면 [Blender 3.6.2 LTS - August 17, 2023] 메뉴를 확인할 수 있다. 여기에서 해당 메뉴에서 자신이 사용하고 있는 OS(운영체제)에 맞추어 파일을 ❷[다운로드] 한다. 본 도서는 Windows를 기준으로 설명한다.

블렌더 프로그램을 설치할 파일의 다운로드가 완료되면, 다운로드 폴더로 들어가서 해당 파일을 실행하여 설치를 진행한다.

프로그램 설치가 시작되면 다음과 같이 Blender Setup 프로세스의 그림 순서와 적용된 번호 순서대로 클릭 및 체크하면서 설치를 완료한다.

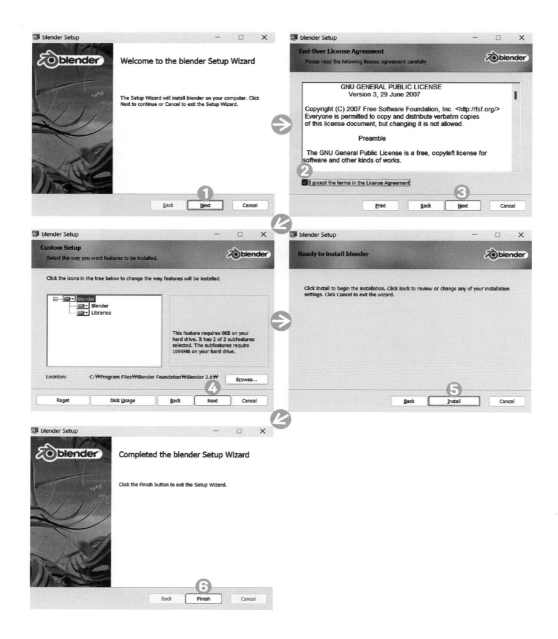

블렌더 설치가 완료되면 바탕화면에 [Blender 3.6] 프로그램 바로가기 아이콘이 만들어졌는지 확인한다.

블렌더 3D 기초 학습하기

여기에서는 블렌더의 시작 화면부터 알아보자. 설치한 블렌더 프로그램을 실행하면 중앙의 스플래쉬 화면(Splash Screen)을 확인할 수 있다. 해당 화면에서는 파일 형식을 지정하거나 최근 파일을 실행하는 등의 일을 할 수 있다. 파일 형식은 일반, 2D Animation, Sculpting, VFX, Video Editing으로 구성되어 있으며, 보통 사용하는 형식이자 본 도서에서도 사용하는 파일 형식은 [일반]이다.

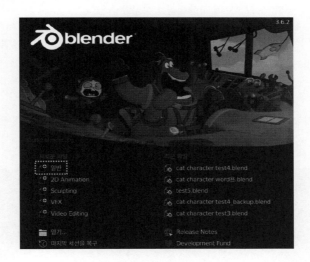

블렌더 3D 인터페이스 블렌더의 기본 인터페이스는 크게 ❶메뉴 바, ❷작업 공간, ❸뷰포트, ❹아웃라이너, ❺프로퍼티스(설정창), ❻타임라인으로 구분되어 있다.

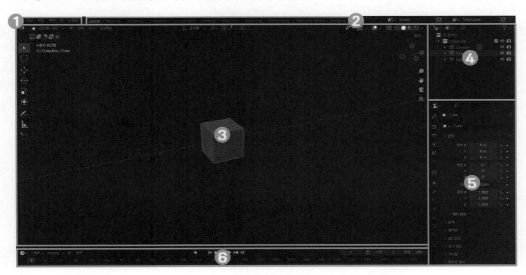

❶ 메뉴 바 파일 가져오기 및 저장 형식 등 블렌더 프로그램에서 사용되는 메뉴들이 있는 곳이다.

❷ 작업 공간 사용자가 편집하고자 하는 유형에 맞추어 인터페이스의 형태를 변형할 수 있다.

❸ 뷰포트 3D 모델을 생성하고 편집하는 등의 작업을 진행할 수 있다.

❹ 아웃라이너 그동안 생성한 오브젝트 및 텍스처 등의 기타 파일을 확인하고 선택할 수 있는 레이어이다.

❺ 프로퍼티스 렌더와 선택한 오브젝트에 대한 속성을 설정할 수 있다.

❻ 타임라인 애니메이션을 재생 및 정지하고, 오브젝트에 설정되어 있는 애니메이션 중 원하는 프레임의 애니메이션을 제거하거나 다른 프레임으로 이동시킬 수 있다.

뷰포트 회전 이제 가장 중요한 뷰포트 조작법을 알아보자. 뷰포트에서 마우스 휠을 [클릭 & 드래그]하면 화면을 회전할 수 있다. 이는 뷰포트 우측의 [프리셋 뷰포트]를 클릭 후 드래그하는 것과 같다.

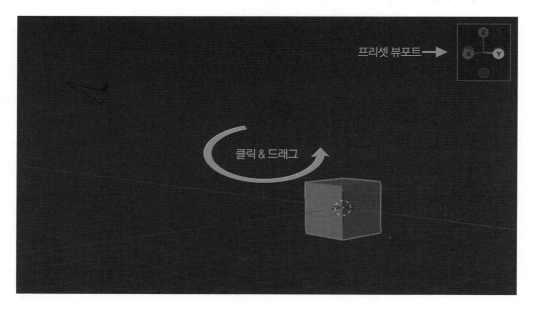

프리셋 뷰포트 ➞

클릭 & 드래그

💡 **블렌더 사용자 언어(한국어) 선택하기**

블렌더 프로그램을 처음 실행시키는 경우에는 시작 화면에서 블렌더 세팅을 할 수 있도록 돕는다. 본 도서는 한국어 버전으로 블렌더를 설명하기 때문에 해당 세팅에서 언어만 한국어로 변경한 뒤 세팅을 마치도록 한다. 만약 처음 실행시키는 것이 아니라면 상단의 메뉴 창에서 [Edit] – [Preferences] – [Interface]로 들어간 후, Translation의 Language를 한국어로 변경한다.

뷰포트 이동 뷰포트에서 [Shift] 키를 누른 상태로 마우스 휠을 [클릭 & 드래그]하면 화면을 이동할 수 있다. 이는 우측의 [손바닥] 아이콘을 클릭하여 드래그하는 것과 같다.

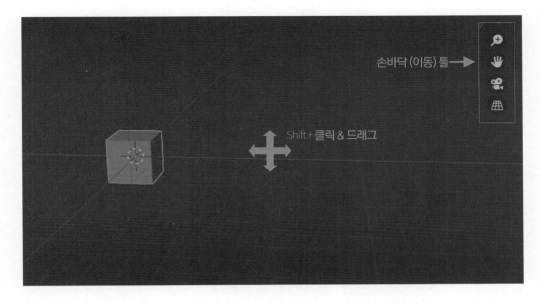

뷰포트 확대/축소 뷰포트에서 [마우스 휠]을 회전하면 화면을 확대 및 축소할 수 있다. 이는 뷰포트 우측의 [돋보기] 아이콘을 클릭하여 위, 아래로 드래그하는 것과 같다.

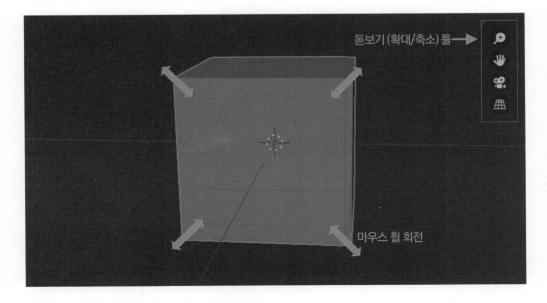

오브젝트 생성 이번엔 오브젝트에 대해 알아보자. 기본적으로 오브젝트는 뷰포트 상단의 헤더 부분에서 [추가] 메뉴에서 원하는 모양의 오브젝트를 생성할 수 있으며, 또한 뷰포트에서 [Shift]+[A] 키를 눌러서 생성할 수도 있다.

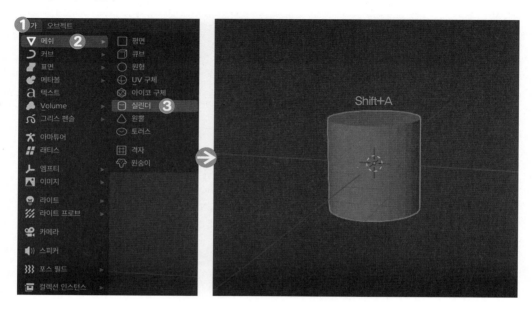

오브젝트 아이콘 오브젝트의 종류는 매우 다양하기 때문에 만들고자 하는 작품에 따라 원하는 형태의 오브젝트를 생성할 수 있으며, 생성한 오브젝트 종류마다 아이콘을 다르게 표시해 주기 때문에 추후 생성한 오브젝트에 대해 파악하기 쉽다.

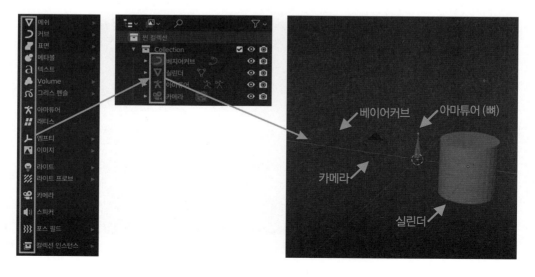

참고로, 본 도서에서는 원더 스튜디오 플랫폼에서 사용할 3D 캐릭터만 제작하기 때문에 여러 개의 오브젝트 종류 중, 메쉬와 커브, 아마튜어 오브젝트만 사용한다.

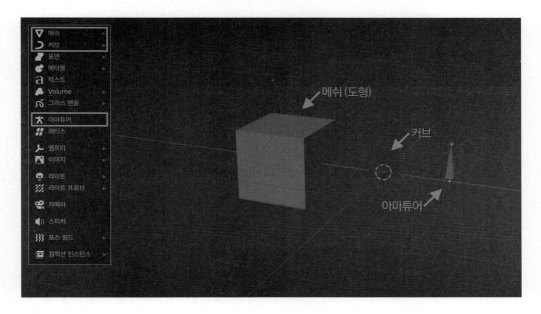

메쉬 (도형 생성) 여기서 메쉬는 3D 작품을 만들 때 보편적으로 사용되는 오브젝트로 평면, 구체, 큐브 등의 기본적인 형태로 구성되어 있기 때문에 도형을 변형시켜 원하는 작품을 만들기 유용하다.

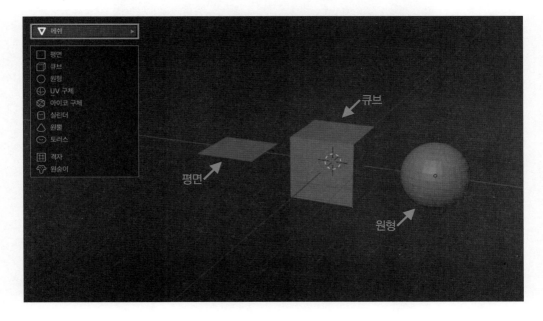

메쉬는 면을 [페이스(Face)], 모서리를 [엣지(Edge)], 꼭짓점을 [버텍스(Vertexs)]라고 칭한다.

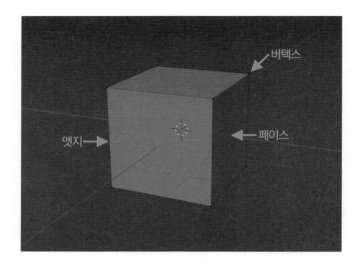

그리고 커브는 메쉬와 다르게 도형이 아닌 라인 형태의 곡선 오브젝트로 선을 [세그먼트(Sagment)]라 하며, 양 끝 꼭지점을 [제어점(Control Point)], 세그먼트의 곡선 형태를 변형시킬 수 있는 [방향점(Handle)]으로 구성 되어있다. 커브는 생성한 후 렌더링 하였을 때 화면에서는 보이지 않으며, 보편적으로는 커브에 메쉬를 덧붙여 모양을 만들어내거나 커브의 형태를 경로로 지정하여 애니메이션을 만들어낸다.

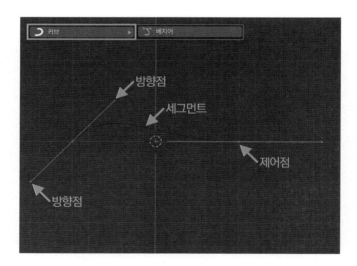

마지막으로 아마튜어 오브젝트는 캐릭터의 뼈대와 같기 때문에 관절에 위치를 파악하여 생성한 후, 만든 모델과 연결하면 캐릭터를 움직일 수 있다. 여기서 아마튜어의 관절 하나를 본(Bone)이라고 부르며,

해당 본은 끝(Tip), 몸(Body), 뿌리(Root)으로 구성 되어있다.

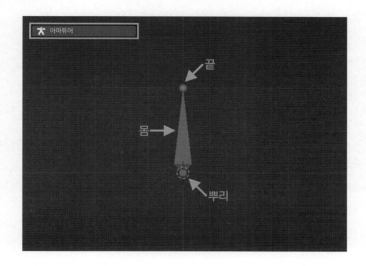

뷰포트 편집 모드 오브젝트의 유형에 따라 편집할 수 있는 뷰포트 모드도 다양하다. 뷰포트 모드는 기본인 오브젝트 모드(Object Mode)를 기준으로 하며, 선택한 오브젝트 유형에 따라 총 8개의 모드 중, 제공하는 몇 가지의 모드로 변경할 수 있다. 이때 오브젝트 모드는 선택한 오브젝트의 위치 이동이나 각도, 크기 조정 등의 가장 기본적인 기능을 사용할 수 있는 모드이기 때문에 모든 유형의 오브젝트에서 사용할 수 있는 모드이다.

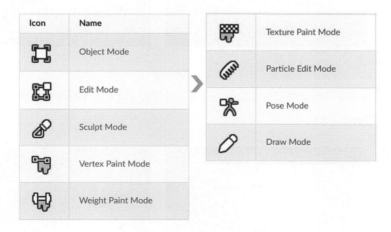

Icon	Name
	Object Mode
	Edit Mode
	Sculpt Mode
	Vertex Paint Mode
	Weight Paint Mode

Icon	Name
	Texture Paint Mode
	Particle Edit Mode
	Pose Mode
	Draw Mode

메쉬 오브젝트 메쉬 오브젝트에서는 오브젝트 모드를 포함한 에디트 모드, 스컬프트 모드, 버텍스 페인트 모드, 웨이트 페인트 모드, 텍스처 페인트 모드로 총 6가지 모드를 이용할 수 있다.

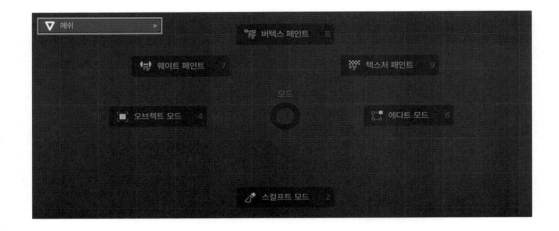

에디트 모드 메쉬를 기준으로 도형의 페이스, 에지, 버텍스 등을 선택하여 형태를 늘리고 줄이고 자르는 등의 편집을 진행할 수 있는 모드이다.

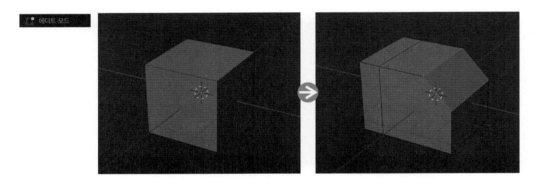

스컬프트 모드 메쉬를 조각할 수 있는 모드로 제공하는 다양한 브러쉬를 이용하여 점토를 만지는 것과 같이 메쉬를 편집할 수 있다.

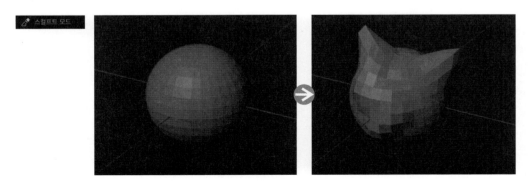

버텍스 페인트 아래 그림과 같이 메쉬의 꼭지점, 즉 버텍스에 색을 칠할 수 있는 모드이다.

웨이트 페인트 보통 리깅 단계에서 사용되는 모드로 아마튜어와 메쉬가 연결되었을 때, 메쉬에 영향을 주는 범위인 가중치를 직접 설정할 수 있다. 빨간색이 가장 강한 작용을 한다.

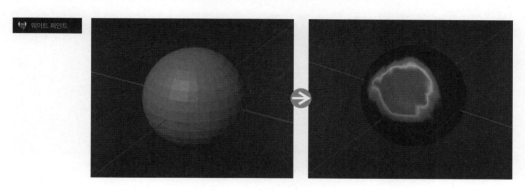

텍스처 페인트 버텍스 페인트 모드와 다르게 이미지 파일을 생성하고, 생성한 해당 이미지를 메쉬에 적용하여 색을 그리는 것이기 때문에 자연스러운 텍스처를 칠할 수 있는 모드이다.

커브 오브젝트 커브 오브젝트는 오브젝트 모드와 에디트 모드만 이용할 수 있다. 여기서 커브 오브젝트는 메쉬와 다르게 선과 점으로만 구성되어 있기 때문에 에디트 모드에서는 곡선의 형태를 바꾸거나 세그먼트 수를 늘려서 더 많은 곡선을 만드는 등으로 편집할 수 있다. 참고로 커브의 제어점과 방향점은 에디트 모드에서만 이용할 수 있다.

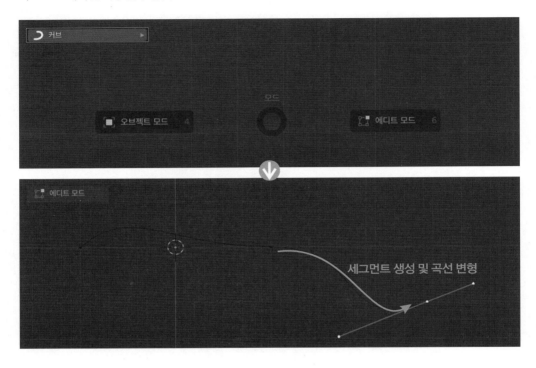

아마튜어 오브젝트 오브젝트 모드를 포함한 에디트 모드, 포즈 모드로 총 3가지 모드만 이용할 수 있다.

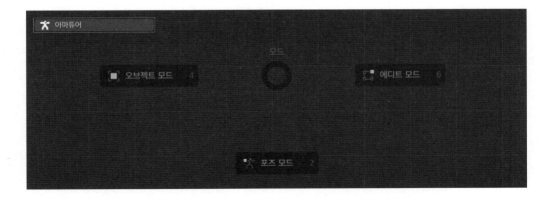

에디트 모드에서는 팁 또는 룻의 위치를 이동시켜 본의 사이즈를 조절하거나 본을 추가로 생성하여 관절을 구축하는 등의 편집이 가능하다.

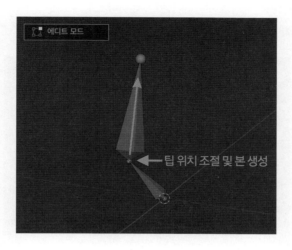

포즈 모드는 생성한 본을 움직이고 회전하며 아마튜어와 연결되어 있는 메쉬의 움직임을 조정한다. 여기서 본의 위치나 각도 등을 변형하여도 에디트 모드에서는 적용되지 않으니 추후 뼈대를 수정하는 과정에서는 문제가 되지 않는다.

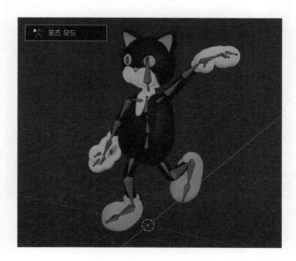

캐릭터 모델링

다음의 그림은 해당 파트에서 제작할 캐릭터이다. 이제 원더 스튜디오에서 사용할 캐릭터를 본격적으로
만들기 위해 블렌더 3D 3.6.2 버전의 프로그램을 실행한다.

실행한 블렌더 3D 프로그램에서 파일 유형을 [일반(General)]으로 선택한다.

캐릭터 머리 만들기

1 중앙의 뷰포트에서 [A] 키를 눌러서 생성되어 있는 모든 오브젝트를 선택한 후, [Delete] 키를 눌러
서 제거한다.

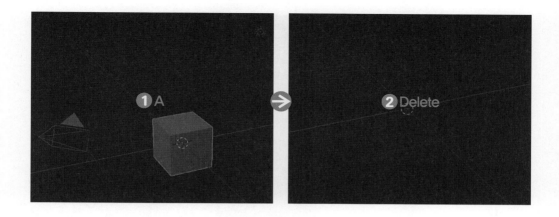

2 먼저 캐릭터의 머리를 만들어보자. 뷰포트에서 [Shift]+[A] 키 또는 해당 메뉴를 선택하여 UV 구체 메쉬를 생성한다.

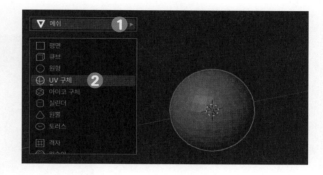

3 메쉬는 우측의 ❶[모디파이어 프로퍼티스]로 들어간 후, ❷[모디파이어를 추가]를 눌러서 ❸[섭디비전 표면] 모디파이어를 생성한다. 이때 해당 모디파이어의 ❹[Levels Viewport] 값은 2로 지정한다. 해당 값의 모디파이어는 뷰포트에서 메쉬를 선택한 상태로 [Ctrl]+[2] 키를 누르면 바로 생성할 수 있다.

4 생성한 모디파이어는 상단의 [∨] – [적용]을 클릭하여 오브젝트에 적용한다. 모디파이어에 마우스 커서를 둔 채로 [Ctrl]+[A] 키를 눌러서 적용시킬 수도 있다.

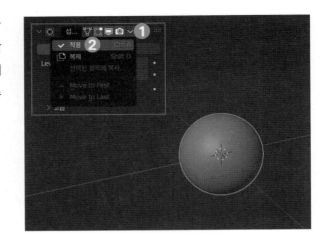

5 원더 스튜디오에서 캐릭터의 정면, 뒷면의 방향이 잘못되지 않고 제대로 업로드 되기 위해서는 –Y축을 정면으로 두고, Z축을 위쪽으로 둔 상태에서 제작해야 한다. 그렇기에 뷰포트 우측 상단에 있는 프리셋 뷰포트에서 –Y축을 클릭하여 화면을 회전한다. [Num 1] 키를 눌러서 화면을 쉽게 회전할 수 있다.

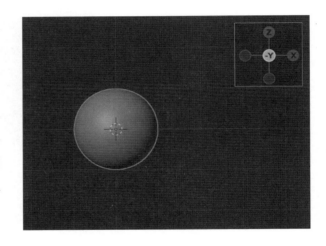

6 뷰포트의 방향을 회전했다면 뷰포트 좌측 상단에서 스컬프트 모드로 변경한다. 뷰포트에서 [Ctrl]+[Tab] 키를 눌러서 모드를 쉽게 바꿀 수 있다.

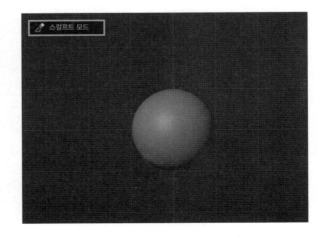

7 스컬프트 모드는 메쉬를 늘리고 줄이는 등 원하는 대로 다양하게 변형시킬 수 있는 모드이다. 해당 모드에서 고양이의 얼굴 형태를 만들어 보고자 한다. 가장 먼저 좌우가 균일하게 변형될 수 있도록 뷰포트 우측 상단의 [X축 미러] 아이콘을 클릭하여 좌우 반전을 실행한다.

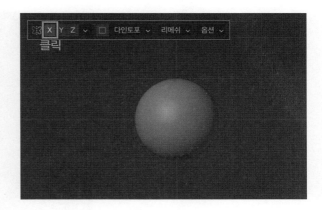

8 본격적으로 얼굴을 만들어 보자. 좌측 툴 바에서 메쉬를 당길 수 있는 ❶[엘라스틱 변형] 툴을 클릭하여 선택한 후, ❷[대괄호] 키로 선택한 툴의 브러쉬 크기를 조절하여 ❸[메쉬]의 우측 또는 좌측 면을 늘리고 줄여서 그림과 같은 모양으로 만든다.

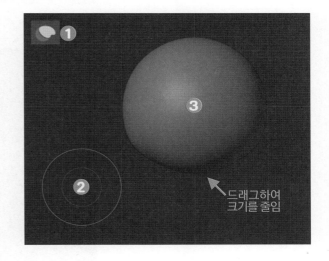

9 캐릭터 하관의 모양을 만들었다면, 눈이 들어갈 부분을 동그랗게 홈을 만들기 위해 좌측 툴바에서 ❶[그리기] 툴을 선택한 후, ❷[대괄호] 키를 이용하여 눈을 넣을 공간을 만들 수 있을 정도의 사이즈로 브러쉬 크기를 줄이고 ❸[Ctrl] 키를 누른 상태로 드래그해서 메쉬를 그림과 같이 만든다.

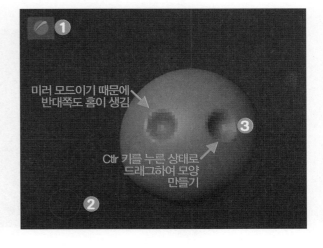

10 눈이 들어갈 부분까지 모두 만들었다면, 뷰포트를 다시 ①[오브젝트 모드]로 변경한 후, 우측 상단의 아웃라이너에서 이름을 ②[cat_head]로 변경한다. 이름에서 더블클릭하여 변경할 수 있다.

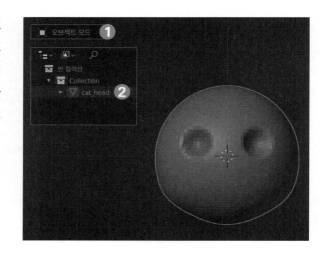

11 이어서 캐릭터의 눈을 만들기 위해 뷰포트에서 새로운 [UV 구체 메쉬]를 생성한다.

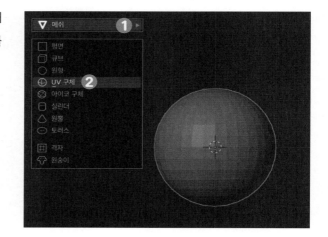

12 ①[축적] 툴을 선택한 후, 생성한 UV 구체 메쉬에 있는 ②[흰색] 라인을 드래그하여 [cat_head]에서 파놓은 눈 부분에 맞게 들어갈 만큼의 크기로 줄여준다.

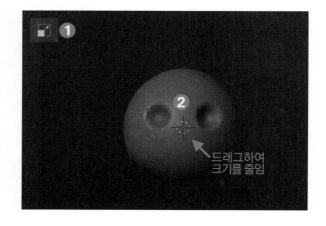

13 좌측의 ❶[오브젝트 프로퍼티스]에
서 회전 [X] 값을 ❷[90]도로 조절한다.

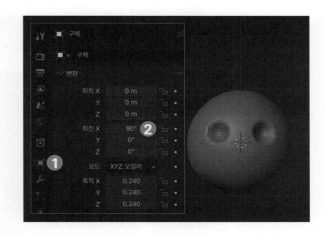

14 크기와 각도를 변경한 UV 구체는
좌측 툴바에서 ❶[이동] 툴로 변경한
후, [cat_head] 오브젝트의 ❷[오른쪽
눈] 위치로 이동한다.

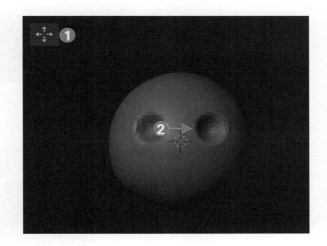

15 프리셋 뷰포트에서 ❶[X]축을 클릭
하여 뷰포트를 X축으로 회전(Num 3키
로 회전 가능)한 후, ❷[UV 구체]를 좌
측으로 이동한다.

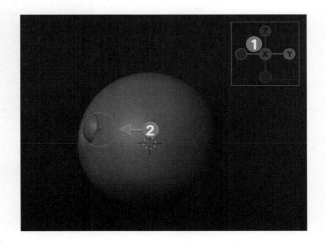

16 캐릭터 눈의 위치까지 변경했다면, 왼쪽 눈도 생성하기 위해 ❶❷[모디파이어 프로퍼티스]에서 ❸ [미러] 모디파이어를 생성한 후, 해당 모디파이어에서 미러 오브젝트를 ❹[cat_head]로 적용한다.

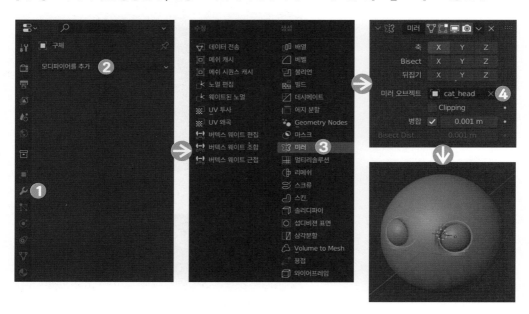

17 모디파이어를 통해서 캐릭터의 왼쪽 눈까지 생성했다면, [미러 모디파이어]는 적용시킨다.

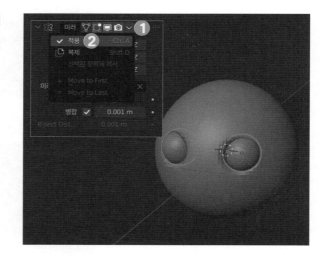

18 캐릭터 눈 오브젝트는 아웃라이너에서 [cat_eyes]로 이름을 변경한다.

이름 변경

19 계속해서 고양이의 입과 코 부분을 만들어 보자. 이번에도 뷰포트에서 새로운 [UV 구체] 메쉬를 생성한다.

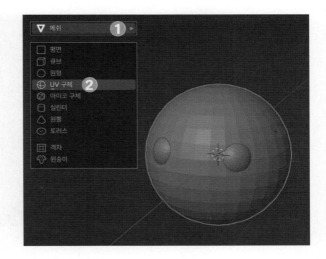

20 생성한 UV 구체에는 ❶[미러] 오브젝트가 ❷[cat_head]인 미러 모디파이어를 생성한다.

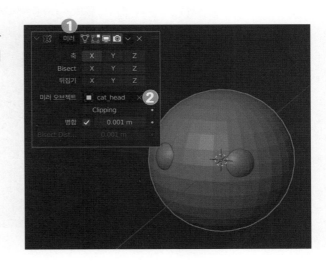

21 [축적] 툴을 이용해서 구체의 사이즈를 고양이의 입 크기만큼 줄인 후, 뷰포트를 회전하면서 [이동] 툴을 이용해 그림과 같이 고양이의 입을 만든다.

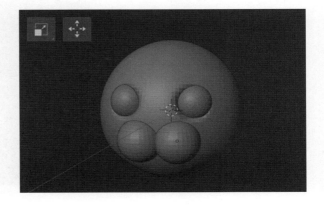

22 고양이의 입을 만들었다면 ❶❷[미러 모디파이어]로 적용하고, 해당 오브젝트의 이름은 ❸[cat_mouth]로 변경한다.

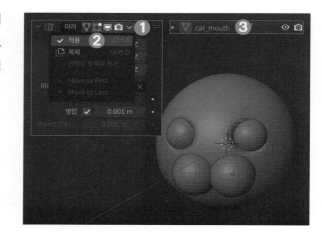

23 한 번 더 뷰포트에서 [UV 구체] 메쉬를 생성한다.

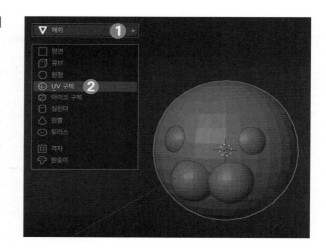

24 생성한 UV 구체 메쉬는 ❶[오브젝트 프로퍼티스]에서 ❷[축적 X, Y, Z] 값을 모두 0.11m로 설정한다.

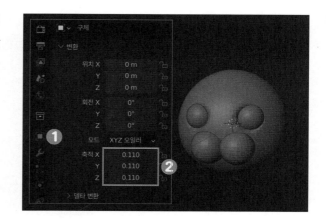

25 크기를 줄인 UV 구체는 ❶[이동] 툴을 이용하여 그림과 같이 ❷[위치]로 이동한다.

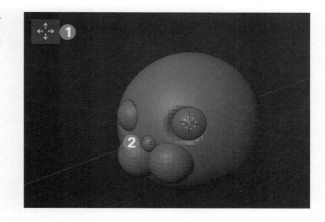

26 코의 위치를 잡아주었다면, 모양을 변형시키기 위해 뷰포트를 [스컬프트 모드]로 변경한다.

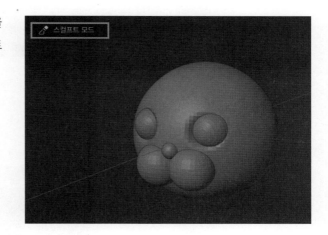

27 해당 모드에서 ❶[엘라스틱 변형] 툴을 선택한 후, 뷰포트 우측 상단에서 ❷[X]축 미러 아이콘을 클릭하여 활성화한다.

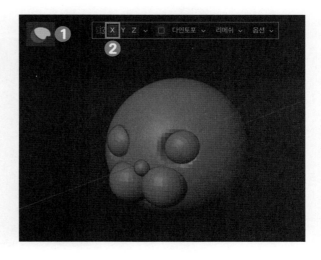

28 뷰포트를 확대한 후, 그림과 같이 캐릭터 코의 모양을 변형한다.

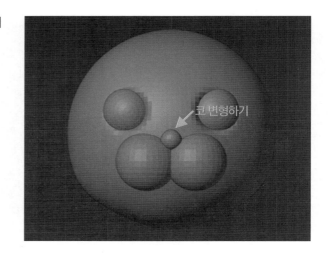

코 변형하기

29 캐릭터 코의 모양까지 변형했다면, 뷰포트를 다시 ❶[오브젝트 모드]로 해 주고, 아웃라이너에서 ❷[cat_nose]로 이름을 변경한다.

30 이제 고양이의 귀를 만들어 보자. 뷰포트에서 다시 [UV 구체] 메쉬를 생성한다.

31 생성한 UV 구체 메쉬는 우측의 ❶ [오브젝트 프로퍼티스]에서 ❷[축적 X, Y, Z] 값을 모두 [0.35m]로 변경한다.

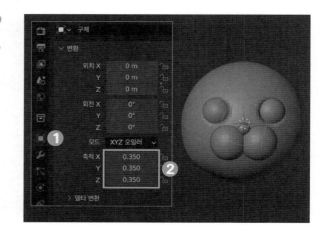

32 크기를 줄인 구체는 ❶[이동] 툴을 이용해서 [cat_head] 오브젝트의 ❷[우측 상단]으로 이동한다.

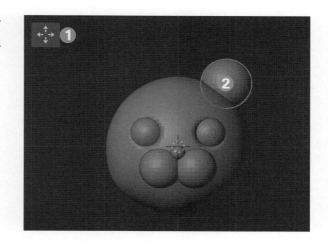

33 해당 구체 메쉬에는 ❶[Levels Viewport] 값이 [2]인 섭디비젼 표면 모디파이어를 생성한 후, 모디파이어를 바로 ❷❸[적용]시킨다.

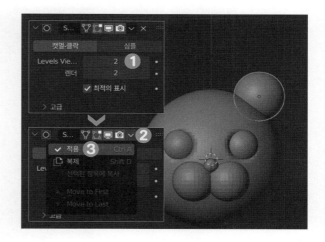

34 이어서 ❶[미러] 모디파이어를 생성한 후, 해당 모디파이어에서 미러 오브젝트를 ❷[cat_head]로 적용한다.

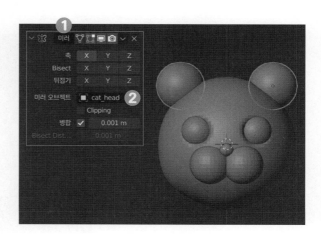

35 구체인 메쉬를 고양이 귀 모양처럼 끝을 뾰족하게 만들어 보자. 뷰포트를 [스컬프트 모드]로 변경한다.

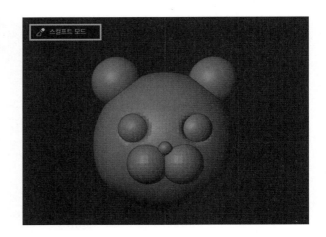

36 ①[엘라스틱 변형] 툴을 선택한 상태에서 메쉬를 늘리고 줄여 가며, 원하는 형태의 ②[고양이 귀]를 만든다.

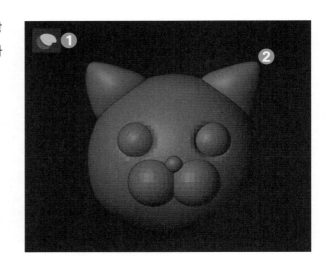

37 −Y축 기준으로 고양이 귀를 변형하였으면 뷰포트를 ①[X]축으로 회전하여 옆면도 ②[고양이 귀] 모습처럼 그림과 같이 변형한다. 이때 옆모습의 고양이 귀는 그림과 같이 앞쪽 부분이 안쪽으로 넣어진 형태이다.

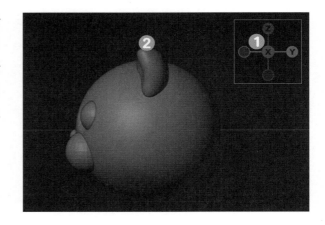

38 대략적인 형태를 잡았다면, ❶[스무스] 툴을 선택한 뒤 메쉬를 조금씩 드래그하여 전체적으로 ❷[부드럽게] 만든다. 다른 툴을 선택한 상태에서 [Shift] 키를 누른 채로 드래그하면 간편하게 스무스 툴을 이용할 수 있다.

39 이제 ❶[그리기] 툴을 선택한 후, 뷰포트를 ❷[-Y]축 방향으로 회전한 상태에서 [Ctrl] 키를 눌러 그림과 같이 고양이 귀를 안쪽으로 ❸[홈]을 만든다.

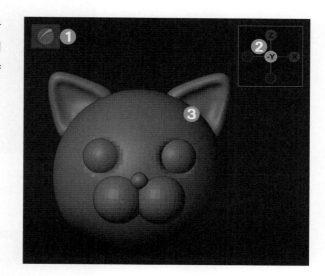

40 안쪽으로 파진 고양이 귀는 ❶[스무스] 툴을 이용하여 ❷[자연스럽게] 만든다.

41 고양이 귀를 모두 변형했다면, 뷰포트를 ❶[오브젝트 모드]로 변경한 후, 생성한 ❷[미러] 모디파이어 또한 오브젝트에 ❸[적용]한다.

42 아웃라이너에서 고양이 귀의 이름은 [cat_ear]로 변경한다.

캐릭터 목 만들기

1 이제 고양이의 목을 만들기 위해 뷰포트에서 [실린더 메쉬]를 생성한다.

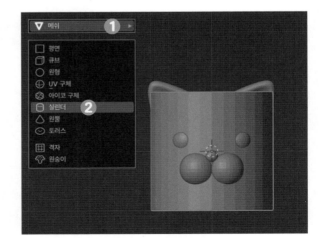

2 생성한 실린더 메쉬는 ❶[축적] 툴을 이용해서 그림과 같이 ❷[크기]를 줄인다.

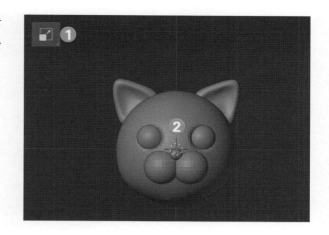

3 ❶[이동] 툴을 이용해서 실린더 메쉬를 [cat_head] 오브젝트 ❷[아래로] 이동한다.

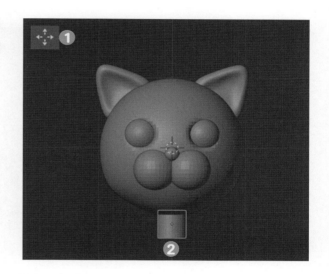

4 추후 제작할 몸과 자연스럽게 이어질 수 있도록 실린더 메쉬의 하단을 넓혀보자. 그러기 위해 뷰포트를 [에디트 모드]로 변경한다.

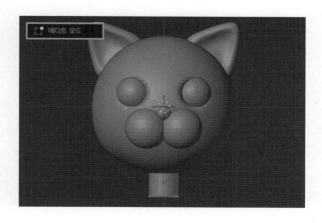

5 [Alt] 키를 누른 상태로 메쉬 하단의 가로 에지를 클릭하여 [-Z축 버텍스]를 그림과 같이 모두 선택한다.

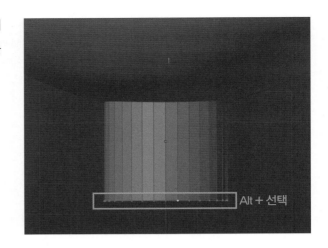

6 ❶[축적] 툴을 이용하여 선택한 라인의 ❷[크기]를 그림과 같이 일정한 비율로 넓힌다.

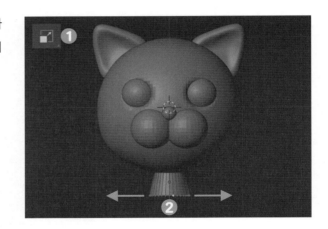

7 각진 오브젝트를 부드럽게 만들기 위해서는 메쉬를 잘라서 기본 베이스에 버텍스 수를 늘린 후에 섭디비젼 모디파이어를 적용해야 한다. 그렇기에 ❶ [루프 잘라내기] 툴을 이용하여 실린더 매쉬를 그림과 같이 ❷❸❹[3번 클릭]하여 가로로 세 개로 잘라 놓는다.

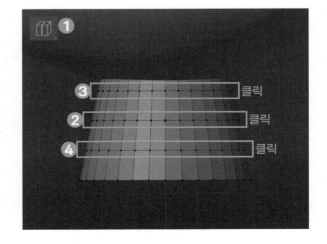

8 실린더 메쉬의 바닥 면에도 버텍스 수를 추가하기 위해 뷰포트를 [−Z]축으로 회전한다. 이때 뷰포트에서 [Num 7] 키를 누른 다음 다시 [Num 9] 키를 누르면 −Z축 방향으로 쉽게 회전할 수 있다. [Num 9] 키는 뷰포트에서 바라보고 있는 방향의 반대편으로 회전하도록 한다.

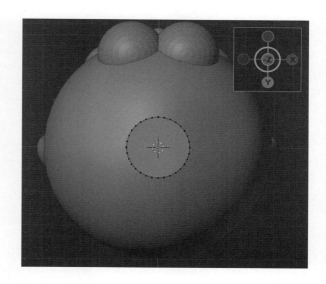

9 뷰포트를 회전했다면, ❶[박스 선택] 툴로 변경한다.

현재는 버텍스만 선택할 수 있는 모드이기 때문에 실린더 메쉬의 −Z축 면을 클릭하면 아무것도 선택되지 않는다. 그러므로 상단에서 ❷[페이스 선택 모드] 아이콘으로 변경한 다음, 메쉬의 ❸ [−Z]축 면을 클릭한다. 페이스 선택 모드는 [3] 키를 통해 쉽게 변경할 수 있다. 선택 모드는 총 버텍스, 에지, 페이스 선택모드로 숫자 [1], [2], [3] 키를 통해 순서대로 변경할 수 있다.

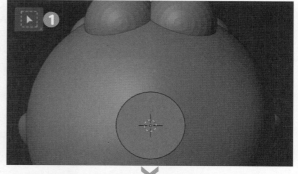

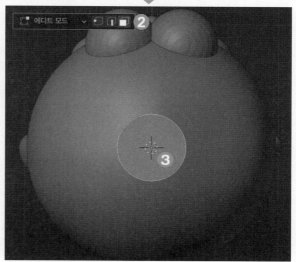

10 메쉬의 −Z축 페이스도 마찬가지로 버텍스 수를 늘리기 위해 ❶[페이스 인셋] 툴을 선택하여 그림과 같이 선택한 페이스를 안쪽으로 ❷❸❹[세 번 인셋]한다. 페이스 인셋 툴은 [I] 키를 눌러서 쉽게 이용할 수 있다.

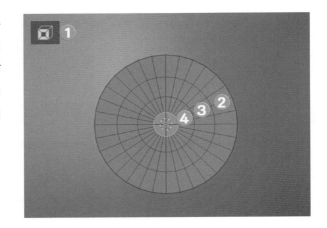

11 메쉬에 버텍스 수를 전체적으로 늘렸다면, 뷰포트를 다시 ❶[오브젝트 모드]로 변경하고, [Levels Viewport] 값이 ❷[2]인 섭디비젼 표면 모디파이어를 생성한다.

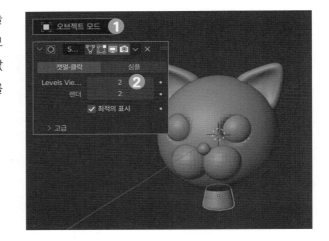

12 방금 생성한 모디파이어는 오브젝트에 ❶❷[적용]시키고, 해당 오브젝트의 이름은 ❸[cat_neck]으로 변경한다.

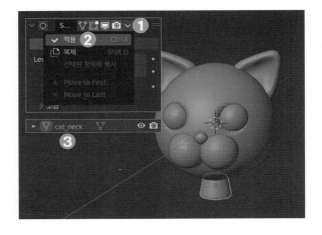

캐릭터 몸통 만들기

1 이제 몸통을 만들어 보자. 뷰포트에서 새로운 [UV 구체] 메쉬를 생성한다.

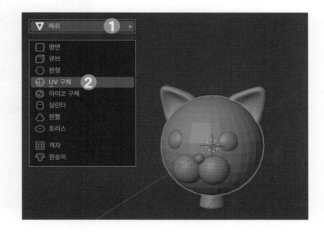

2 생성한 UV 구체 메쉬는 우측의 ❶ [오브젝트 프로퍼티스]에서 축적 ❷[Z] 값을 [1.5m]로 변경한다.

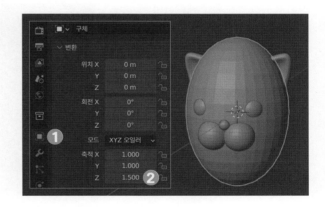

3 ❶[Levels Viewport] 값이 [2]인 섭디비젼 표면 모디파이어를 생성한 후, 해당 모디파이어를 메쉬에 ❷❸[적용]한다.

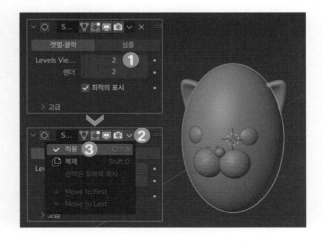

4 버텍스 수가 많아진 메쉬는 뷰포트를 ❶[-Y]축 방향으로 회전한 상태에서 ❷[이동] 툴을 이용하여 생성한 구체 오브젝트를 ❸[cat_neck] 오브젝트 아래로 이동한다.

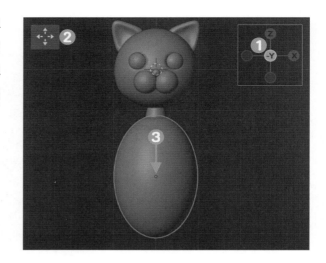

5 긴 원형의 도형을 캐릭터의 몸처럼 변형시키기 위해 뷰포트를 [스컬프트 모드]로 변경한다.

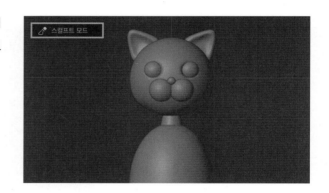

6 뷰포트 좌측 상단에서 ❶[X]축 미러 아이콘을 클릭하여 활성화한 상태로 ❷[엘라스틱 변형] 툴을 이용하여 그림과 같이 캐릭터 ❸[몸통]의 앞면을 변형한다.

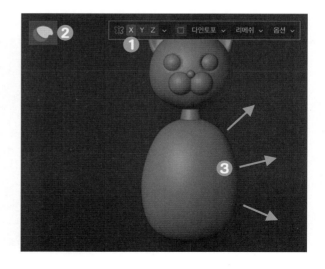

7 몸통의 옆면도 변형해 보자. 뷰포트를 ①[X]축 방향으로 회전한 뒤 목과 연결되는 부위와 캐릭터의 배, 엉덩이 부분을 신경쓰며 그림과 같이 형태를 ②[변형]해 준다.

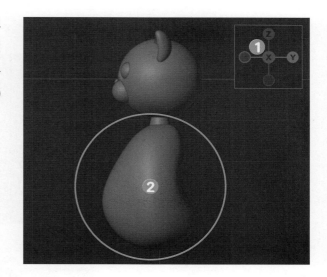

8 대략적인 몸통의 형태를 만들었다면, 뷰포트를 회전하면서 엉덩이 및 몸의 라인에서 각지거나 어색한 부분을 다듬어 준다.

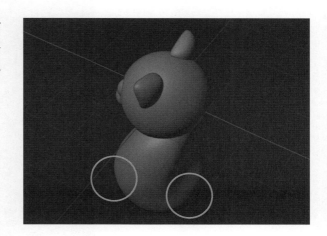

9 캐릭터의 몸통까지 만들었다면, 뷰포트는 다시 ①[오브젝트 모드]로 변경하고, 아웃라이너에서 해당 오브젝트의 이름을 ②[cat_body]로 변경한다.

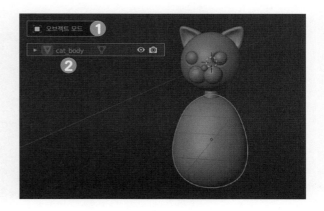

캐릭터 다리 만들기

1 이제 캐릭터의 다리를 만들어 보자. 관절의 자연스러운 곡선을 만들기 위해서 메쉬가 아닌 **❶**[커브]의 **❷**[베지어] 오브젝트를 생성한다.

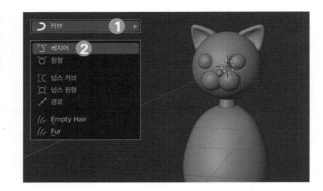

2 생성한 커브 오브젝트는 우측의 **❶** [오브젝트 프로퍼티스]에서 회전 **❷** [Y]값을 [90]으로 변경한 후, **❸**[이동] 툴을 이용하여 [cat_body] 오브젝트의 우측 **❹**[하단]으로 이동한다.

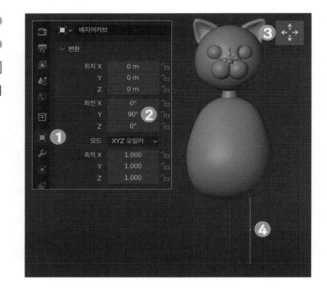

3 세부 모양을 변형시키기 위해 뷰포트를 **❶**[에디트 모드]로 변경하고, 커브 오브젝트의 제어점과 방향점을 **❷**[이동] 툴로 이동시켜서 그림과 같이 정면의 커브 오브젝트 모양을 **❸**[곡선]으로 변형한다.

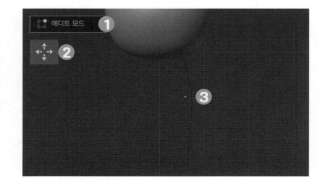

4 캐릭터도 사람과 마찬가지로 자연스러운 인체를 만들기 위해서는 무릎 관절이 앞으로 튀어나와 있어야 한다. 그렇기 때문에 뷰포트를 ❶[X]축 방향으로 회전한 뒤, 커브의 제어점과 방향점의 위치를 이동시켜서 그림과 같은 커브의 ❷[곡선]을 만든다.

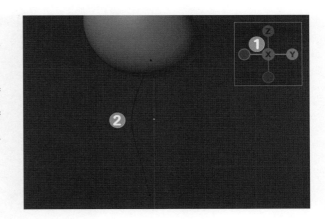

5 이렇게 캐릭터 다리의 곡선을 만들었다면, 뷰포트를 다시 [오브젝트 모드]로 변경한다.

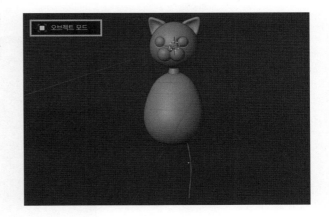

6 이제 곡선에 맞추어 다리 도형을 생성해보자. 우측의 ❶[오브젝트 데이터 프로퍼티스]에서 ❷[지오메트리]의 ❸ [베벨] – [둥근]에서 깊이 값을 [0.2m]로 설정한다.

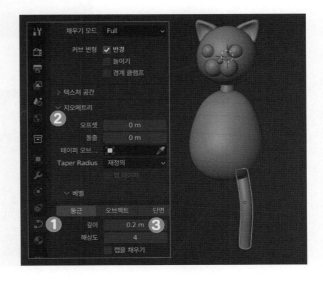

7 생성한 커브에 맞춰서 도형이 생성되었지만, 이는 메쉬 오브젝트가 아니기 때문에 도형을 원하는 모양대로 편집할 수가 없다. 때문에 뷰포트 좌측 상단의 헤더에서 [오브젝트] – [Convert] – [메쉬]를 클릭하여 커브 오브젝트의 유형을 메쉬로 변경한다.

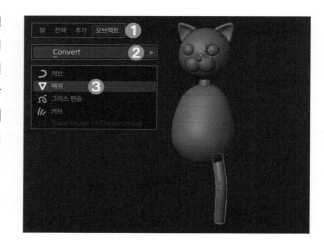

8 인체 구조상 다리는 발 목으로 갈수록 두께가 얇아진다. 그러므로 뷰포트를 ❶[스컬프트 모드]로 변경한 후, ❷ [엘라스틱 변형] 툴을 선택한 상태로 뷰포트를 회전하면서 [cat_body] 오브젝트와 연결되어 있는 상단 부분의 두께를 조금씩 넓혀주고, 아래로 갈수록 두께가 얇아지도록 ❸[변형]한다. 다만, 실사 고양이 캐릭터이기 때문에 두께를 극단적으로 변형시키지 않도록 한다.

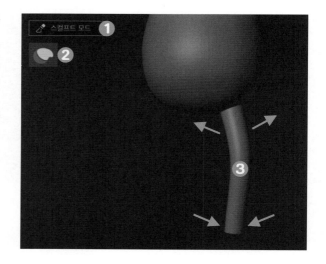

9 이제 뷰포트를 ❶[오브젝트 모드]로 변경하고, 좌측 다리도 만들어주기 위해 ❷[모디파이어 프로퍼티스]에서 미러 오브젝트가❸ [cat_body]로 설정되어 있는 미러 모디파이어를 생성한다.

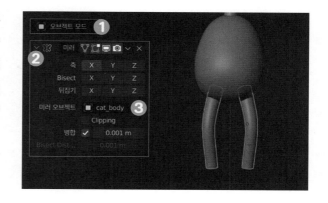

10 생성한 모디파이어는 오브젝트에
❶❷[적용]한 후, 해당 오브젝트의 이름
을 ❸[cat_leg]로 변경한다.

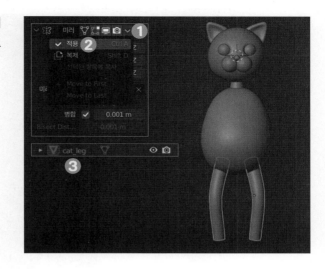

신발 만들기

1 이제 캐릭터의 신발을 만들어보자.
뷰포트에서 [큐브] 메쉬를 생성한다.

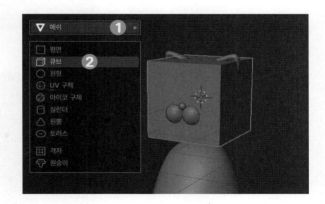

2 생성한 큐브 메쉬는 우측의 ❶[오
브젝트 프로퍼티스]에서 축적 ❷[X,
Z]값을 [0.5m]로 변경한 다음, 뷰포트를
❸[-Y]축 방향으로 회전한다.

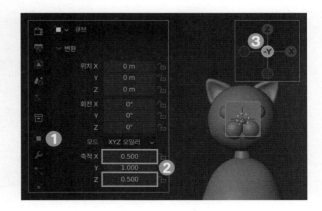

3 크기를 조절한 큐브 메쉬는 ❶[이동] 툴을 이용하여 [cat_leg] 오브젝트의 오른쪽 ❷[하단]으로 이동한다.

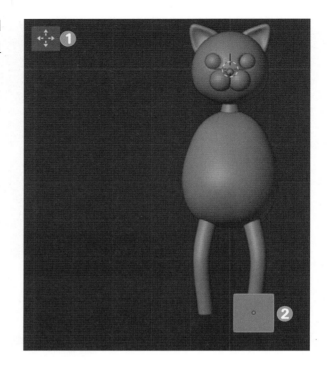

4 뷰포트를 ❶[X]축 방향으로 회전한 후, 그림처럼 큐브의 우측을 [cat_leg] 오브젝트와 맞닿도록 ❷[이동]한다.

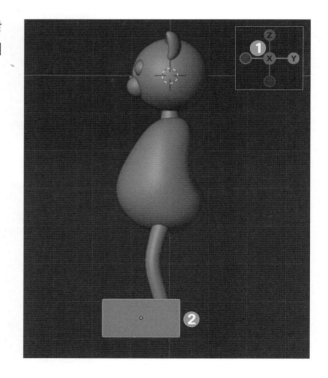

5 위치를 이동시켰다면, 뷰포트를 ❶ [에디트 모드]로 변경한 후, 메쉬의 모든 페이스가 [선택]되어 있는 상태로 ❷ [베벨] 툴을 이용하여 그림과 같이 오브젝트를 ❸[비스듬하게] 자른다. 여기서 메쉬의 모든 페이스가 선택되어 있지 않다면 [A] 키를 눌러서 모든 페이스를 쉽게 선택할 수 있으며, 베벨 툴은 [Ctrl]+[B] 키를 눌러 쉽게 사용할 수 있다.

6 큐브의 모서리를 모두 비스듬하게 잘랐다면, ❶[에지 선택 모드]로 변경한 후, 뷰포트를 [회전]하여 그림과 같이 [cat_leg] 오브젝트와 닿는 부분의 에지를 ❷[선택]한다.

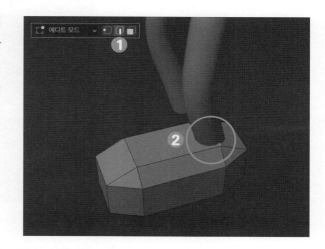

7 뷰포트를 다시 ❶[X]축 방향으로 회전한 뒤, ❷[이동] 툴을 이용하여 선택한 에지를 그림과 같이 ❸[아래]로 이동한다.

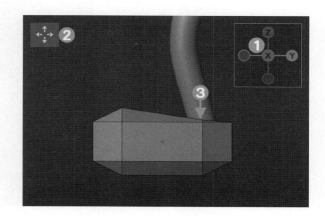

8 이제 뷰포트를 다시 **①**[오브젝트 모드]로 변경하고, **②**[Levels Viewport] 값이 **③**[4]인 섭디비전 표면 모디파이어를 생성한다.

9 생성한 모디파이어는 오브젝트에 **①②**[적용]한 후, 뷰포트를 **③**[스컬프트 모드]로 변경한다.

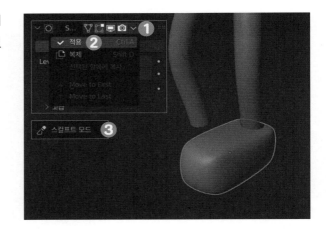

10 우측 상단의 **①**[X]축 미러 아이콘을 클릭하여 활성화한 뒤, **②**[스무스] 툴을 이용하여 [−Z]축 방향을 제외한 나머지 각진 부분들을 **③**[둥글게] 만들어 준다.

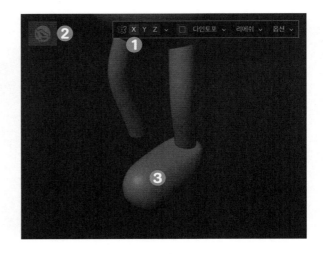

11 ❶[엘라스틱 변형] 툴을 선택한 후, 뷰포트를 회전해 가며, 신발의 앞부분을 ❷[둥글고 크게] 만들어준다.

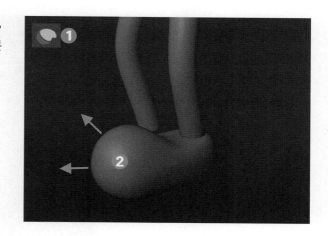

12 ❶[스무스 툴과 엘라스틱 변형] 툴을 번갈아 사용하며, 그림과 같이 신발의 전체적인 ❷[형태]를 만든다.

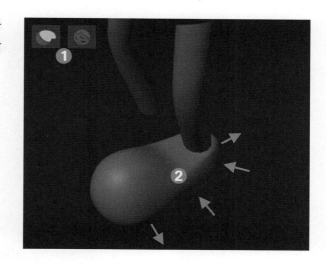

13 형태를 다듬었다면 [cat_leg] 오브젝트와 자연스럽게 연결하기 위하여 신발의 발목 부분을 만들어 보자. ❶[그리기] 툴을 선택한 후, [cat_leg] 오브젝트와 맞닿는 부분을 드래그하여 그림과 같이 ❷[늘려]준다.

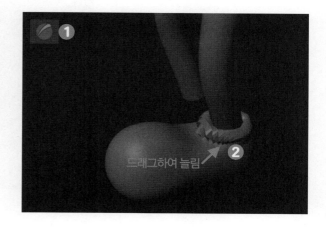

드래그하여 늘림

14 이렇게 신발의 형태를 만들었다면 뷰포트를 다시 [오브젝트 모드]로 변경한다.

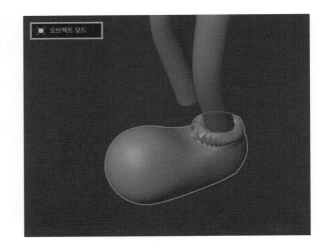

15 계속해서 우측의 ①②[모디파이어 프로퍼티스]에서 ③[리메쉬] 모디파이어를 생성한 후, 복셀에서 ④[복셀 크기]를 [0.07m]로 변경하고 ⑤[스무스 셰이딩]을 체크한다.

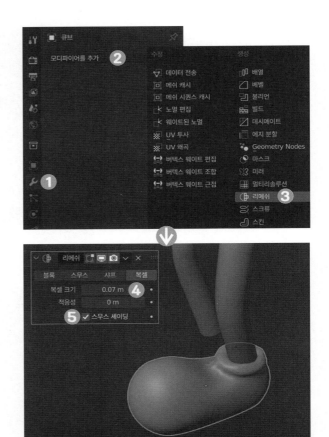

16 좌측에도 신발을 만들어주기 위해 ①[미러] 오브젝트를 ②[cat_body]로 지정한 미러 모디파이어를 생성한다.

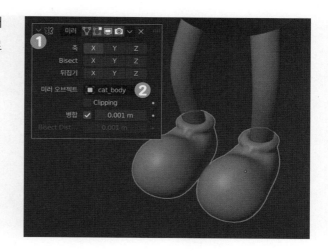

17 생성한 ①②③④[두 개]의 모디파이어는 위에서부터 순서대로 오브젝트에 [적용]하고, 아웃라이너에서 생성한 오브젝트의 이름을 ⑤[cat_shoes]로 변경한다.

위에 있는 모디파이어가 가장 먼저 생성한 모디파이어로, 생성한 순서대로 모디파이어를 오브젝트에 적용해야 오브젝트의 형태가 꼬이지 않는다. 때문에 리메쉬 모디파이어를 적용한 후에 미러 모디파이어를 적용하도록 한다.

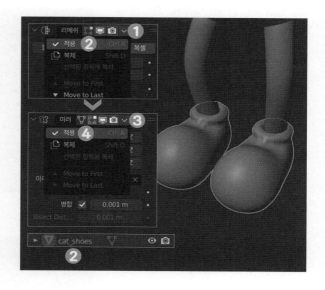

캐릭터 팔 만들기

1 이제 캐릭터의 팔을 만들어 보자. [cat_leg]를 만들었던 것과 동일하게 관절의 곡선을 표현하기 위해 ①[커브]에서 ②[베지어 커브] 오브젝트를 생성한다.

2 뷰포트는 **①**[-Y]축 방향으로 회전한 후, **②**[이동] 툴을 이용해서 생성한 커브 오브젝트를 [cat_body]의 **③**[우측상단]으로 이동한다.

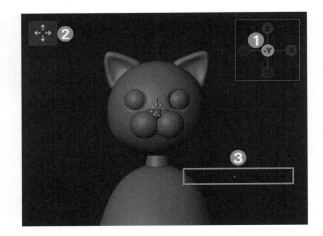

3 팔의 길이와 형태를 변형하기 위해 뷰포트를 [에디트 모드]로 변경한다.

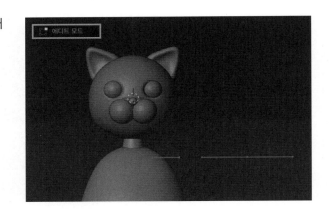

4 팔의 길이를 캐릭터 몸통의 4분의 3 정도 만큼 늘려주기 위해 커브 오브젝트의 **①**[우측 제어점]을 클릭(선택)한 후, **②**[이동] 툴을 이용하여 **③**[길이]를 늘린다.

5 그리고 팔을 뻗었을 때 팔이 살짝 아래로 휘는 형태를 표현하기 위해 우측의 제어점과 방향점의 위치를 조절하여 그림과 같이 팔의 [곡선]을 만든다.

6 뷰포트를 ❶[Z]축 방향으로 회전한 후, [이동] 툴을 통해 커브 오브젝트의 방향점과 제어점을 조절하여 그림과 같이 ❷[팔의 곡선]을 만든다. 이때 [Num 7] 키를 누르면 뷰포트를 Z축 방향으로 쉽게 회전할 수 있다.

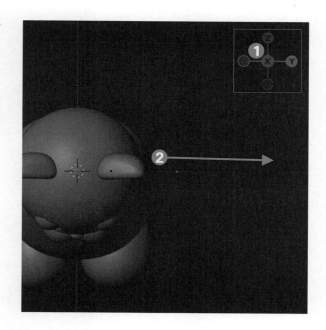

7 이렇게 만든 곡선에 맞추어 팔 도형을 생성해 보자. 뷰포트를 ❶[오브젝트 모드]로 변경한 후, ❷[오브젝트 데이터 프로퍼티스]에서 ❸❹❺[지오메트리] – [베벨] – [둥근]의 깊이 값을 [0.2m]로 설정한다.

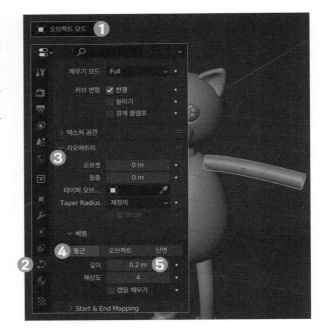

8 커브 오브젝트에 메쉬로 두께가 생성되었다면, 뷰포트를 ❶[−Y]축으로 회전하여 팔의 위치가 ❷[cat_body] 오브젝트와 제대로 맞닿아 있는지 확인한다. 오브젝트가 조금이라도 엇갈려 있다면 [이동] 툴을 이용하여 위치를 다시 조정한다.

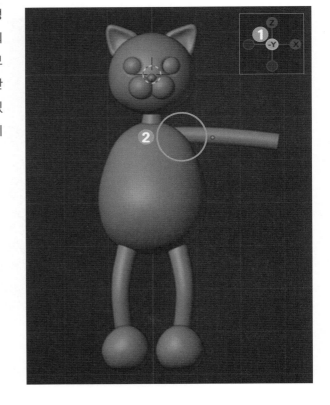

9 해당 도형의 형태를 변형하기 위해 [cat_leg] 오브젝트를 만들었던 것과 같이 뷰포트 상단 헤더에서 ❶[오브젝트]에서 ❷❸[Convert] – [메쉬]를 선택하여 커브 오브젝트의 유형을 메쉬로 변경한다.

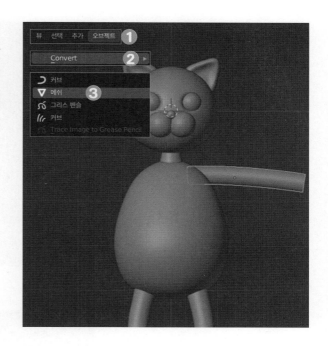

10 이어서 뷰포트를 ❶[에디트 모드]로 변경한 후, 그림과 같이 뷰포트 화면을 [회전]한다. 그다음 [에지 선택 모드]인 상태에서 [Alt] 키를 눌러서 손목 부분의 에지 라인을 그림과 같이 ❷[모두 선택]한다.

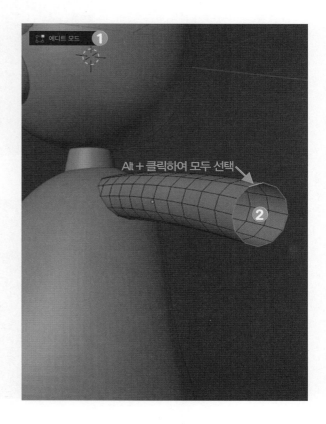

11 팔은 손목으로 갈수록 얇아지기 때문에 뷰포트 상단에서 ①[비례 편집] 아이콘을 클릭하여 활성화한 후, ②[축적] 툴을 이용하여 손목의 두께를 얇게 만든다. 이때, 축적 툴의 외각 흰색 라인을 드래그하여 선택한 라인의 전체적인 넓이를 줄여야 하며, 줄이는 과정에서 마우스 휠을 드래그하면 근처의 메쉬까지 축적 툴의 영향을 끼칠 수 있다. 이처럼 잘 조절하여 그림과 같이 팔의 형태를 만든다.

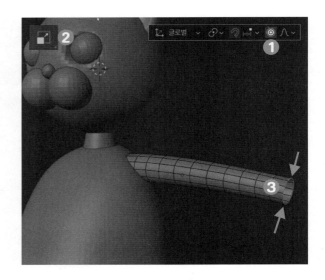

12 뷰포트는 다시 ①[오브젝트 모드]로 변경한 후, 좌측도 팔을 만들어주기 위해 ②[모디파이어 프로퍼티스]에서 미러 오브젝트를 ③[cat_body]로 지정한 미러 모디파이어를 생성한다.

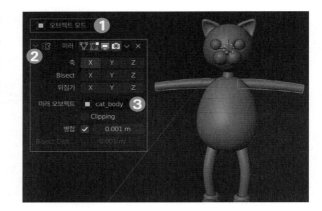

13 방금 생성한 모디파이어는 오브젝트에 ①②[적용]한 후, 해당 오브젝트의 이름을 ③[cat_arm]으로 변경한다.

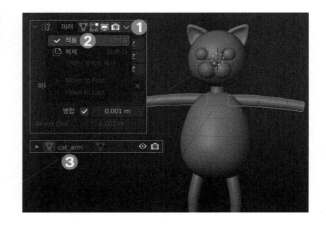

캐릭터 손 만들기

1 마지막으로 고양이 손을 만들어 보자. 손을 만드는 과정에서 여러 개의 메쉬 오브젝트를 쉽게 합치기 위해 블렌더의 에드온을 이용해 보고자 한다. 블렌더 상단 메뉴에서 ❶❷ [편집] – [환경설정]을 클릭한다. 참고로 에드온은 프로그램의 기능을 확장할 수 있는 모듈로서 제3자가 제작한 추가 기능들을 가져와서 이용할 수도 있다. 즉, 플러그인과 같은 개념이다.

2 환경 설정이 열리면, 좌측 메뉴에서 ❶[애드온]을 클릭한 후, 검색 창에서 ❷[Bool]을 입력하여 검색한다. 그다음 맨 위에 뜨는 ❸[오브젝트: Bool Tool]의 좌측 사각형을 클릭하여 체크하면 해당 기능의 에드온이 활성화된다. 이렇게 활성화한 후에는 환경 설정 창을 ❹[닫아] 준다.

3 이제 본격적으로 캐릭터 손을 만들어 보자. 뷰포트에서 [큐브 메쉬]를 생성한다.

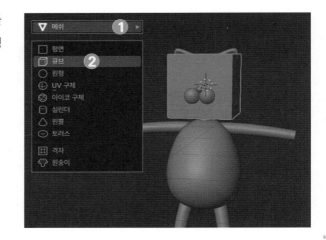

4 생성한 큐브 메쉬는 ●[오브젝트 프로퍼티스]에서 ❷[축적 X, Y] 값을 [0.5m], [Z]값을 [0.25m]로 설정한다.

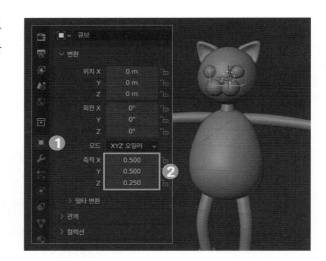

5 크기를 줄인 큐브 메쉬는 뷰포트를 ●[-Y]축 방향으로 회전한 상태에서 ❷ [이동] 툴을 이용하여 [cat_arm] 오브젝트의 우측 끝에 맞추어 그림과 같이 ❸ [이동]한다.

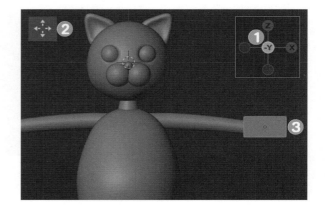

6 위치를 이동한 큐브 메쉬는 뷰포트를 ❶[에디트 모드]로 변경한 후, 메쉬의 모든 에지가 선택되어 있는 상태에서 ❷[베벨] 툴을 이용하여 그림과 같이 메쉬를 ❸[비스듬하게] 자른다.

클릭 & 드래그하면
잘려된 면이 생김

7 메쉬를 잘랐다면 뷰포트를 ❶[오브젝트 모드]로 변경한 후, 모디파이어 프로퍼티스에서 ❷[Levels Viewport] 값이 [2]인 섭디비젼 표면 모디파이어를 생성한다. 생성한 모디파이어는 오브젝트에 바로 ❸❹[적용]한다.

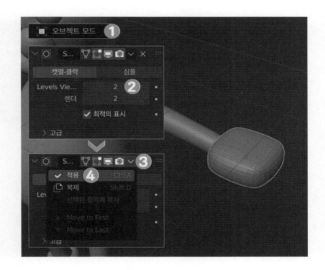

8 해당 큐브 메쉬는 캐릭터 손 중에 손바닥이므로 손바닥과 이어질 손가락 부분을 만들어 보자. 뷰포트의 메쉬에서 [UV 구체] 메쉬를 생성한다.

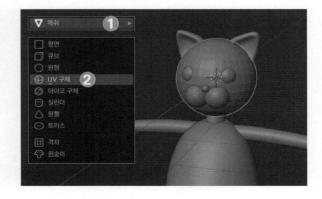

9 생성한 UV 구체는 오브젝트 **①**[프로퍼티스]에서 축적 **②**[X, Y, Z] 값을 모두 [0.4m]로 설정한다.

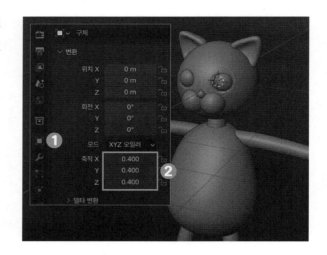

10 크기를 줄인 UV 구체는 뷰포트를 **①**[-Y]축 방향으로 회전한 상태에서 **②**[이동] 툴을 이용하여 이전에 만든 큐브 메쉬의 **③**[중앙 우측 끝]으로 이동한다.

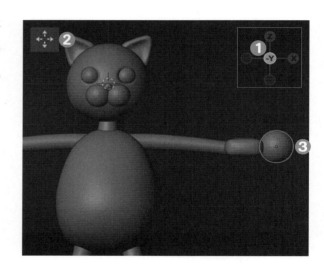

11 뷰포트를 **①**[Z]축 방향으로 회전한 후, UV 구체 메쉬를 그림과 같이 이전에 생성한 큐브 메쉬의 **②**[우측 상단 끝]으로 옮긴다.

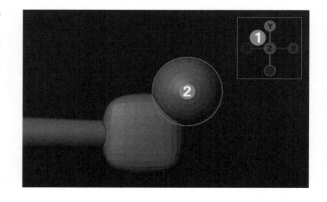

12 해당 UV 구체 메쉬는 [Ctrl]+[C], [Ctrl]+[V] 키를 반복하여 복사 및 붙여 넣기를 한 후, 그림과 같이 복사된 3개의 구체를 이동하여 고양이 손 형태를 만든다.

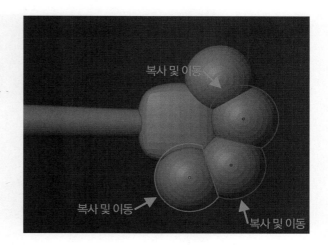

13 1개의 큐브 메쉬와 4개의 UV 구체 메쉬를 겹쳐서 놓았다면, 이제 활성화 했던 에드온을 사용해 보자. 만들어 놓은 큐브 메쉬를 먼저 선택한 상태에서 뷰포트를 ❶[클릭 & 드래그]하여 손가락을 구성하는 [4개]의 구체 메쉬를 ❷[모두 선택]한다.

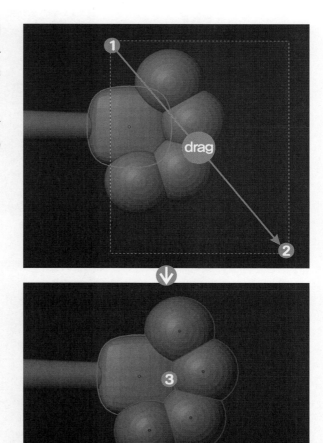

14 이어서 ❶[Ctrl]+[Shift]+[B] 키를 누른 후, 생성된 Bool Tool 메뉴의 Auto Boolean에 있는 ❷[Union]을 선택한다. 그러면 겹쳐진 부분을 제거한 후, 5개의 메쉬 오브젝트가 하나로 합쳐진 것을 확인할 수 있다.

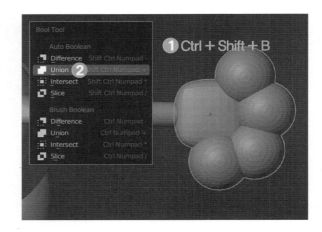

15 하나의 메쉬 오브젝트로 만들었다면, 모디파이어 프로퍼티스에서 ❶[리메쉬 모디파이어]를 생성한다. 이때, 해당 모디파이어는 복셀에서 ❷[복셀 크기] 값이 [0.07m]로 설정되어 있어야 한다.

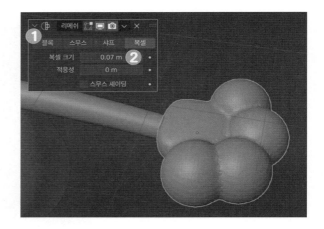

16 방금 생성한 모디파이어는 오브젝트에 [적용]한다.

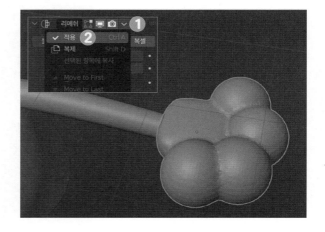

17 손의 형태를 만들었다면, 이제 디테일을 살려보자. 뷰포트를 **①**[−Y]축 방향으로 회전한 상태에서 **②**[축적] 툴을 이용하여 **③**[손을 원하는 크기]로 키운 후, **④**[회전 툴과 이동] 툴을 이용하여 [cat_arm] 오브젝트 곡선에 맞추어 손을 살짝 **⑤**[기울여]준다.

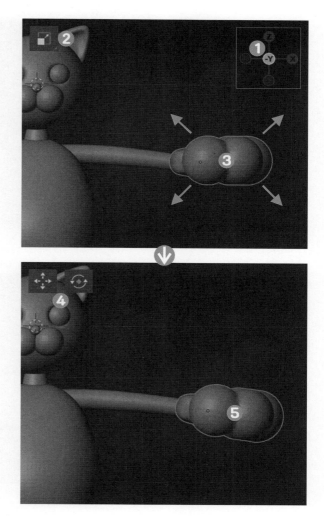

18 뷰포트를 **①**[스컬프트 모드]로 변경한 후, **②**[엘라스틱 변형] 툴을 이용하여 그림처럼 손등은 위로 **③**[둥글게 늘려]주고, 손바닥은 안으로 **④**[조금 오목하게] 들어가도록 변형한다.

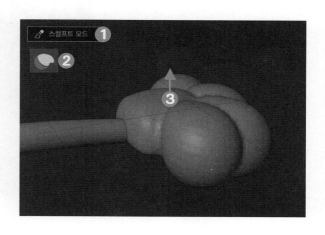

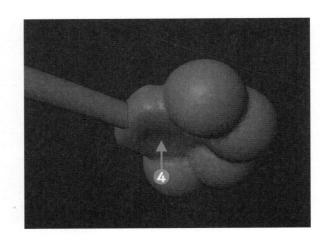

19 형태를 모두 잡았다면, [cat_arm] 오브젝트와 자연스럽게 이어질 수 있도록 만들기 위해 ❶[그리기] 툴을 선택한 후, 캐릭터 팔과 연결되는 지점을 그림과 같이 ❷[둥글게] 늘려준다.

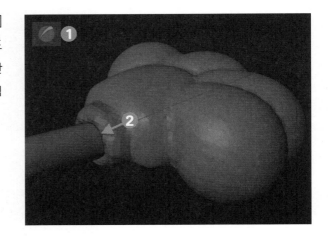

20 이제 왼쪽의 캐릭터 손도 만들어 보자. 뷰포트를 다시 ❶[오브젝트 모드]로 변경한 후, ❷[모디파이어 프로퍼티스]에서 미러 오브젝트를 ❸[cat_body] 오브젝트로 설정한 미러 모디파이어를 생성한다.

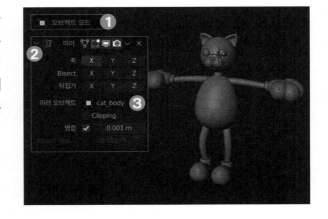

21 생성한 모디파이어는 오브젝트에
①②[적용]하고, 오브젝트의 이름은 **③**
[cat_hand]로 변경한다.

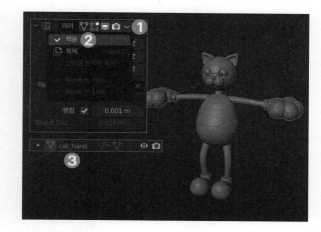

22 이제 지금까지 만든 오브젝트를 모
두 한 번씩 선택(선택 툴 활용)한 후, **①**
[우측 마우스 버튼]을 누르면 나타나는
메뉴에서 **②**[셰이드 스무스]를 적용하
여 부드러운 오브젝트로 만들어 준다.

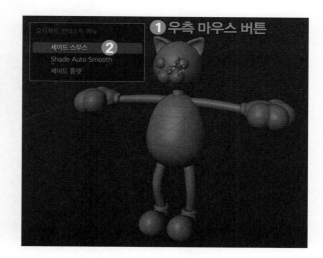

🔷 캐릭터 텍스처링 (재질 적용)

캐릭터 제작에서 텍스처링은 형태를 잡은 캐릭터 모델에 색과 재질을 입히는 과정으로, 퀄리티를 좌우
하는 중요한 요소 중 하나이다. 이번에는 모델링한 캐릭터에 고양이 털을 묘사하고, 이미지 텍스처를 생
성하여 원하는 색을 그려 입혀보고자 한다.

헤어(털) 표현하기

1 캐릭터의 색을 입히기 전에 먼저 고양이의 털을 표현해 보자. [cat_body] 오브젝트를 **①**[선택]한 상태로 **②**[파티클 프로퍼티스]에서 **③**[+]를 클릭하여 파티클 시스템을 생성한다.

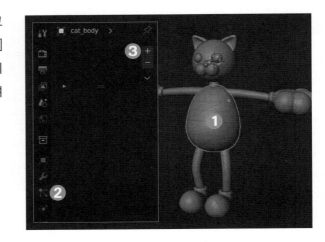

2 해당 파티클의 이름은 [body]로 변경한다. 이름을 클릭하여 바꿀 수 있다.

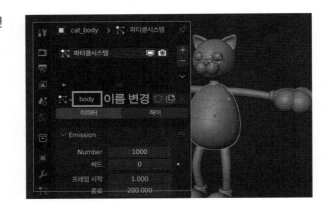

3 파티클 시스템의 **①**[헤어] 탭으로 변경한 후, [Emission]의 **②**[Number] 값은 [300]으로 설정하고, **③**[헤어 길이]는 [0.03m]로 설정한다.

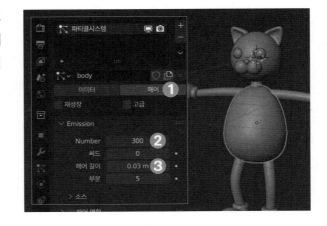

4 이어서 ❶[자식] 항목을 클릭하여 활성화한 후, ❷[보간]에서 ❸[표시 양과 렌더] 값을 [50]으로 설정한다.

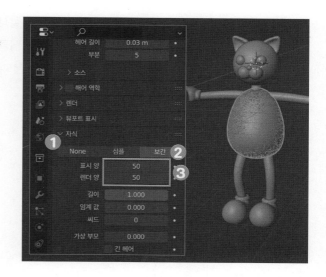

5 이번에는 ❶[cat_arm] 오브젝트를 선택한 후, 파티클 프로퍼티스에서 ❷ [+] 버튼을 눌러 새로운 파티클 시스템을 생성한다.

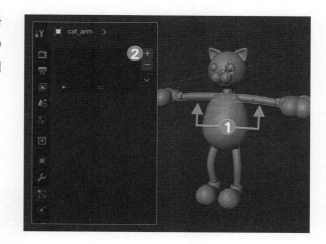

6 파티클 설정 좌측에 있는 ❶[아이콘]을 클릭하여 열리는 목록에서 파티클 시스템을 앞서 [cat_body]에 설정한 ❷[body] 파티클로 지정한다.

7 각 오브젝트마다 면적이 다르기 때문에 헤어의 개수를 설정하는 Number 값을 수정해야 한다. 그렇기 때문에 [body] 파티클의 데이터를 가져온 상태에서 파티클 이름 우측에 있는 [새로운 파티클] 설정 아이콘을 클릭하여 [body] 파티클을 복사한다.

8 해당 파티클의 이름은 **①**[arm]으로 별경한 뒤, Emission의 **②**[Number] 값을 [100]으로 변경한다.

9 위와 같은 방법으로 [cat_eyes], [cat_nose], [cat_hand], [cat_shoes] 오브젝트를 제외하고 나머지 **①**[cat_ear], **②**[cat_head], **③**[cat_mouth], **④**[cat_neck], **⑤**[cat_leg] 오브젝트에 파티클을 적용하고, [Number] 값은 순서대로 [50, 200, 100, 20, 100]으로 설정한다. 이때, 파티클의 이름은 오브젝트 이름에서 [cat_]을 제외한 뒷부분 이름을 사용한다. 설정 후 헤어 길이가 짧고 양이 적어 보일 수 있지만, 원더 스튜디오에 업로드하면 블렌더에서 보이는 것과 다르게 표현된다. 자신만의 색다른 캐릭터를 만들어 확인해보자.

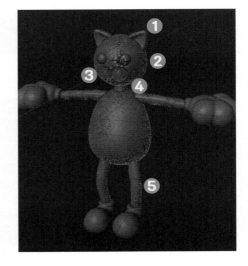

색 생성 및 적용하기

1 이제 본격적으로 캐릭터의 각 부위에 맞게 색을 입혀보자. 먼저 뷰포트 상단 헤더에서 오른쪽 끝에 있는 아이콘에서 [머티리얼 미리보기] 아이콘을 클릭하여 뷰포트 셰이딩을 변경한다. 이때, 뷰포트 셰이딩은 뷰포트에서 [Z] 키를 눌러 쉽게 변경할 수 있다.

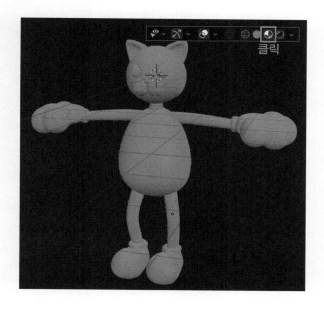

2 먼저 단색으로 지정할 ❶[cat_arm] 오브젝트를 선택한 후, 뷰포트를 ❷[텍스처 페인트] 모드로 변경한다. 해당 모드는 에디트 모드와 스컬프트 모드로 변경할 때처럼 [Ctrl]+[Tab] 키를 눌러서 변경할 수 있다.

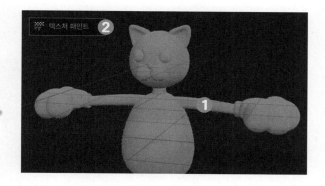

3 이제 우측의 프로퍼티스에서 상단에 있는 메뉴인 ❶[활성 도구 및 작업공간을 설정] 메뉴를 선택한다. 그리고 텍스처 슬롯 칸의 ❷ [+] 버튼을 누른 뒤 ❸[베이스 컬러]를 선택한다.

4 베이스 컬러 설정 창에서 ❶[컬러]를 클릭한 후, 우측 ❷[명도]를 가장 아래로 낮추어서 [검은색]으로 맞춘 뒤 ❸[OK] 버튼을 눌러 적용한다.

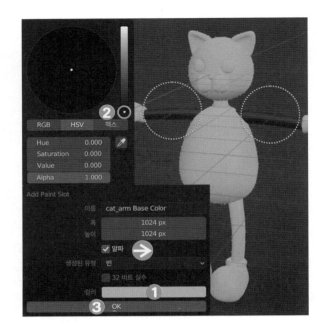

5 다시 뷰포트를 ❶[오브젝트 모드]로 변경한 후, ❷[cat_leg] 오브젝트를 선택한다. 그다음 ❸[텍스처 페인트 모드]로 전환한 후 위의 작업과 같은 방법을 통해 ❹[색]을 적용한다.

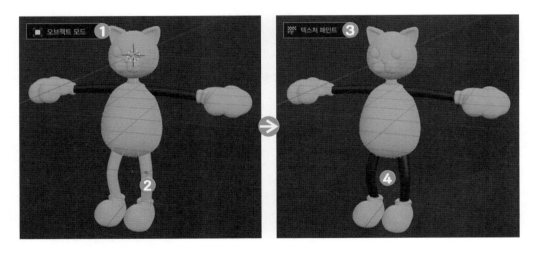

6 이번에는 ❶[cat_mouth] 오브젝트를 클릭(선택)한 후, [텍스처 페인트 모드]로 들어가서 위 방법처럼 [베이스 컬러]를 생성한다. ❷[컬러] 설정 창에서 앞선 [cat_arm] 오브젝트와 다르게 [명도]를 가장 위로 높여서 ❸[하얀색]으로 설정한 후 ❹[적용]한다.

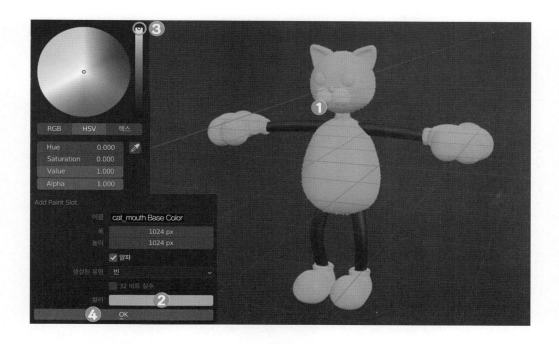

7 앞서 [cat_mouth] 오브젝트에 적용한 것처럼 [cat_neck] 오브젝트도 [하얀색]의 베이스 컬러 텍스처를 생성한다.

8 이번엔 [cat_body] 오브젝트를 위한 색을 만들어 보기 위해 뷰포트가 ❶ [오브젝트 모드]인 상태에서 ❷ [cat_body] 오브젝트를 선택한다. 여기에서는 색이 적용될 영역만 브러쉬로 칠해주는 방법을 사용할 것이다.

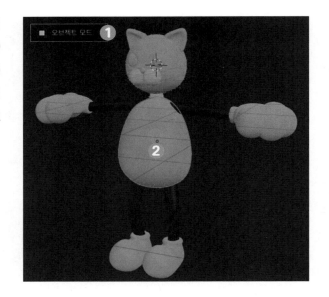

9 뷰포트를 ❶[텍스처 페인트] 모드로 변경한 후, 앞선 [cat_arm] 오브젝트에 색을 적용한 것처럼 ❷[검은색]의 베이스 컬러를 생성한다.

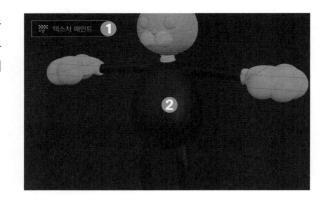

10 이제 고양이의 턱시도 부분을 그려주기 위해 뷰포트를 ❶[-Y]축으로 회전한 뒤, 뷰포트 상단의 [TextDraw] 헤더 부분에서 컬러 값이 ❷[흰색]인지 확인한다. 만약 컬러 값이 하얀색이 아니라면 Hue와 Saturation 값을 0, Value 값을 1로 설정하여 흰색을 만들어 준다.

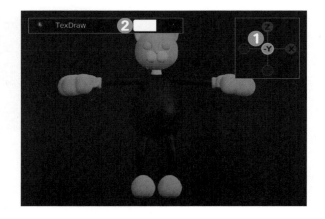

11 ❶[그리기 툴]을 선택한 상태에서 [대괄호] 키로 브러쉬 크기를 조절한 후, 그림과 같이❷ [V] 모양으로 목 부분 라인을 그려준다.

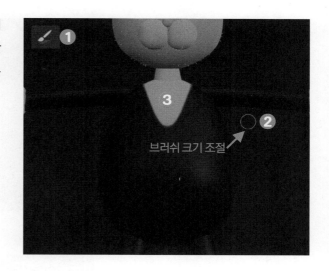

12 이후 뷰포트를 그림처럼 회전하여 [cat_neck] 부분과 흰색이 잘 연결되어 있는지 확인한다. 만약 제대로 연결되어 있지 않다면, 그리기 툴로 연결되도록 그려준다.

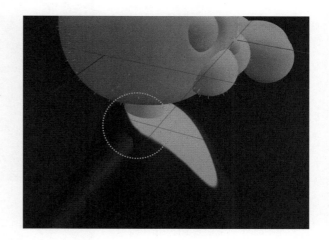

13 뷰포트를 다시 ❶[오브젝트 모드]로 변경한 후, ❷[cat_head] 오브젝트를 선택한다.

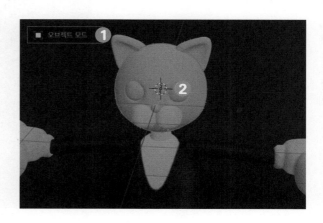

14 뷰포트를 ①[텍스처 페인트] 모드로 변경한 후, [cat_arm] 오브젝트와 같이 ②[검은색] 베이스 컬러 텍스처를 생성한다.

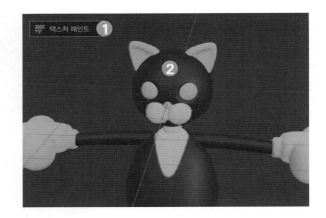

15 이번에는 고양이의 턱부분을 흰색으로 만들어주기 위해 뷰포트를 ①[-Y]축 방향으로 회전하고, 그림과 같이 둥글게 ②[턱 라인]을 흰색으로 색칠한다.

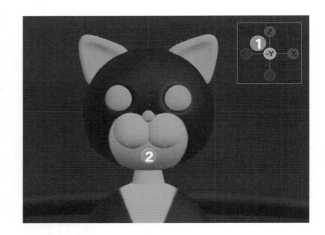

16 계속해서 뷰포트를 회전하여 끊긴 흰색 부분을 둥글게 연결하여 자연스럽게 만들어 준다.

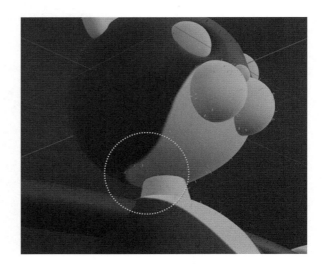

17 이제 고양이 귀를 텍스처링 해보자. 뷰포트를 ❶[오브젝트 모드]로 변경한 후, ❷[cat_ear] 오브젝트를 선택한다.

18 이어서 뷰포트를 다시 ❶[텍스처 페인트] 모드로 변경한 후, [cat_arm] 오브젝트와 같이 ❷[검은색] 베이스 컬러 텍스처를 생성한다.

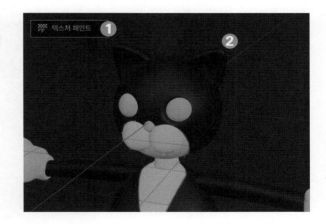

19 귀 안쪽을 분홍색으로 칠하기 위해 뷰포트 상단 헤드의 ❶[컬러]를 클릭하여 원하는 ❷[분홍색]으로 설정한다.

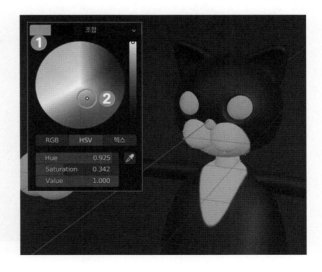

20 뷰포트를 ❶[-Y]축 방향으로 회전한 뒤, 귀 부분을 확대하여 그림과 같이 귀 안쪽을 ❷[분홍색]으로 채운다.

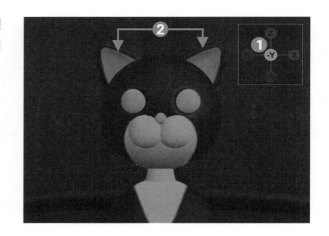

21 귀까지 텍스처링을 했다면, 뷰포트를 다시 ❶[오브젝트 모드]로 변경한 뒤, ❷[cat_nose] 오브젝트를 선택한다. 그다음 ❸[텍스처 페인트] 모드에서 귀 안쪽을 칠한 색상과 비슷한 ❹[분홍색] 베이스 컬러 텍스처를 생성한다.

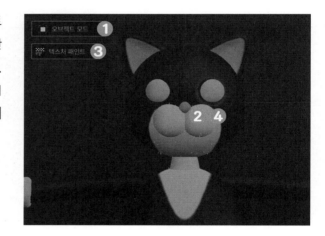

22 이번에는 ❶[오브젝트 모드]에서 ❷[cat_hand] 오브젝트를 선택하고, ❸[텍스처 페인트] 모드에서 [cat_mouth] 오브젝트와 동일하게 ❹[하얀색]의 베이스 컬러 텍스처를 생성한다.

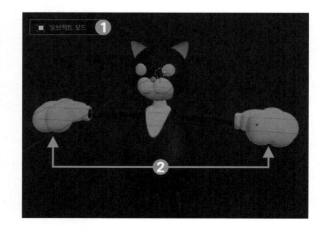

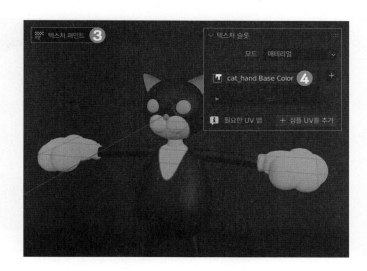

23 현재 오브젝트는 여러 개의 오브젝트를 합쳐 만들면서 버텍스가 정리된 UV 맵이 생성되지 않았기 때문에 텍스처 슬롯 칸에서 [+ 심플 UV를 추가] 버튼을 적용해야 한다.

24 이제 뷰포트를 ❶[-Z]축 방향으로 회전한 뒤, 뷰포트를 확대하여 캐릭터의 오른쪽 ❷[손바닥]에 그림과 같이 분홍색의 고양이 젤리를 그려준다. 그러면 미러가 적용된 오브젝트 반대쪽도 그려진다.

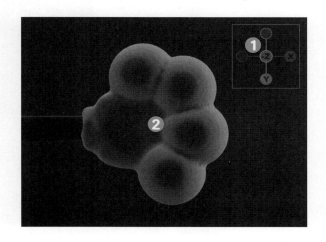

25 오른쪽 손바닥도 동일하게 그려져 있는지 확인한다. 만약, 그림이 그려져 있지 않았다면, 왼쪽 손바닥과 동일하게 고양이 젤리를 그려주면 된다.

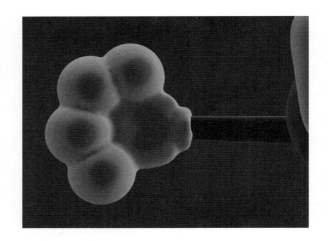

26 손까지 그렸다면 뷰포트를 ❶[오브젝트 모드]로 변경하고, ❷[cat_eyes] 오브젝트를 선택한다.

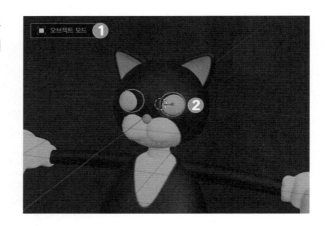

27 다시 텍스처 ❶[페인트 모드]로 변경한 뒤, 앞선 방법처럼 원하는 눈의 ❷[베이스 컬러]를 생성한다.

28 계속해서 뷰포트 상단의 헤더에서 컬러를 ❶[검은색]으로 변경한 뒤, 뷰포트를 ❷[-Y]축 방향으로 회전한다.

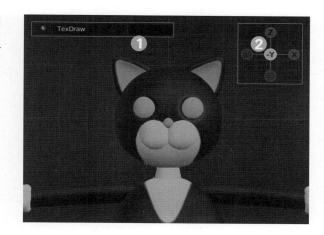

29 눈동자를 그려주기 위해 뷰포트를 확대한 후, [대괄호] 키를 이용해 브러쉬를 원하는 크기로 변경하여 눈 중앙에 그림과 같은 고양이 눈동자를 표현한다.

그려진 눈동자 모습

미러를 통해 자동 생성된 눈동자

30 뷰포트를 다시 ❶[오브젝트 모드]로 변경하고, ❷[cat_shoes] 오브젝트를 선택한다.

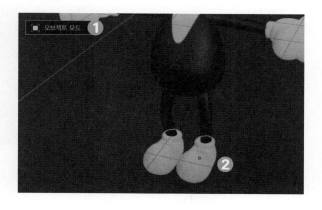

31 이어서 ❶[텍스처 페인트] 모드에서 눈 색과 같은 ❷[베이스 컬러]를 생성한다. 그리고 해당 오브젝트도 여러 개의 오브젝트를 겹쳐서 만든 것이기 때문에 텍스처 슬롯 칸에서 ❸[+ 심플 UV를 추가] 버튼을 클릭한다.

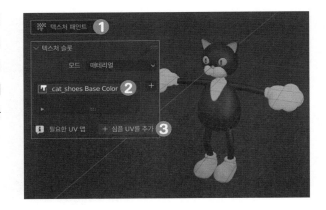

32 모두 생성했다면 뷰포트를 ❶[오브젝트 모드]로 변경한다. 그리고 디테일을 만들어주기 위해 블렌더 상단의 작업 공간을 ❷[Shading]으로 변경한다.

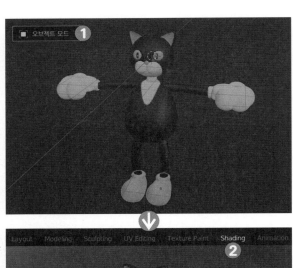

33 전환된 작업 공간에서 하단 공간을 셰이더 에디터(Shader Editor)라고 하며, 여기에서는 선택한 오브젝트의 질감이나 텍스처를 지정할 수 있다. 이미 이미지 텍스처를 생성하면서 기본적인 색을 입혔기 때문에 이제, 오브젝트의 반사 값과 거칠기 값만 변경하도록 하자.

34 다른 물체가 반사되어 보이는 눈동자 먼저 표현하자. 뷰포트에서 ❶[cat_eyes] 오브젝트를 선택한다. 그리고 하단의 셰이더 에디터에서 프린시폴드 BSDF 노드를 보면 이미 반사 값이 0.5로 지정되어 있을 것이다. 그럼에도 눈동자가 반사되어 보이지 않는 이유는 재질을 무광처럼 만드는 거칠기 값이 높기 때문이므로 ❷[거칠기] 값을 [0.2]로 변경한다.

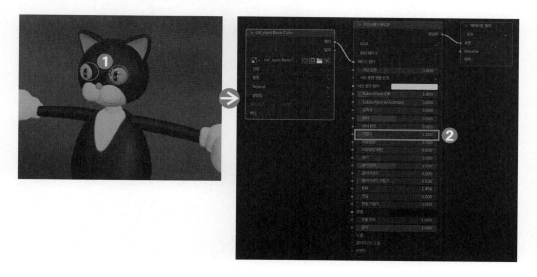

35 촉촉함을 유지하는 고양이 코도 동일하게 변경해 보자. 뷰포트에서 ❶ [cat_nose] 오브젝트를 선택한 뒤, 셰이더 에디터의 프린시폴드 BSDF 노드에서 ❷[거칠기] 값을 [0.2]로 변경한다.

36 작업한 [cat_eyes] 오브젝트와 [cat_nose] 오브젝트를 제외한 나머지 오브젝트는 반사되는 유광 질감이 없어야 하기 때문에 ❶[한 번씩 선택]하여 ❷ [반사] 값을 [0.2]로 변경한다.

37 캐릭터 텍스처의 디테일까지 표시했다면, 추후 캐릭터 업로드를 위해 생성한 이미지 텍스처를 외부 폴더에 저장해 보자. [바탕 화면]으로 가서 [새로운 폴더]를 생성한 뒤, 해당 폴더의 이름을 [Texture]이라고 변경해 놓는다.

이미지 에디터를 활용한 편집

1 다시 블렌더로 돌아와서 상단의 작업 공간을 [Texture Paint]로 변경한다.

2 전환된 작업 공간에서 우측의 공간을 이미지 에디터라고 하는데, 여기에서는 이전에 텍스처 페인트 모드에서 생성한 베이스 컬러 이미지를 평면으로 보여준다.

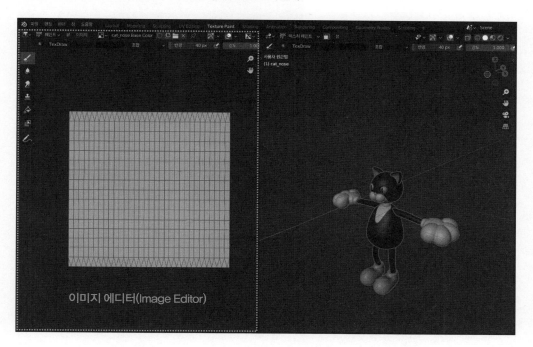

이미지 에디터(Image Editor)

3 이미지 에디터 공간의 상단 헤더에서 이미지 텍스처 이름 왼쪽에 있는 ❶ [아이콘] 버튼을 클릭한 후 맨 위쪽의 ❷ [cat_arm Base Color]를 선택한다.

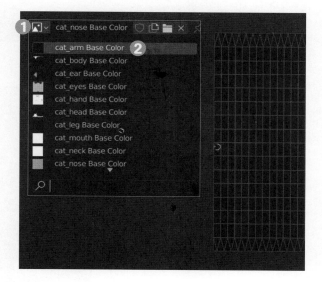

4 그리고 해당 공간에 [마우스 커서]를 둔 상태에서 ❶[Alt]+[Shift]+[S] 키를 누른 후 바탕 화면에 생성해 놓은 ❷[Texture] 폴더로 들어가서 하단의 ❸ [다른 이미지로 저장]을 클릭한다. 그러면 해당 이미지 텍스처를 png 파일로 저장할 수 있다.

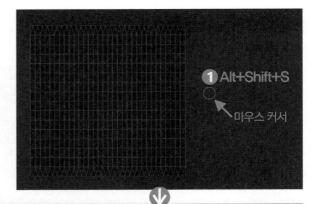

5 이제 3번 작업처럼 이미지 텍스처 이름 왼쪽 [아이콘]을 클릭하여 나머지 이미지 텍스처들도 위와 같은 방법으로 [Texture] 폴더에 저장한다.

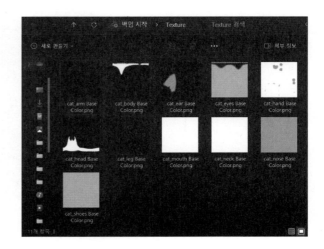

6 생성한 이미지 텍스처를 모두 저장했다면, 블렌더 상단의 작업 공간을 다시 [Layout]으로 변경한다.

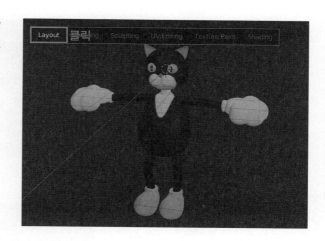

캐릭터 리깅 (Rigging)

이제부터 캐릭터에 뼈대를 심어보자. 캐릭터의 뼈대를 심을 때에는 위와 같이 원더 스튜디오에서 제공하는 이상적인 뼈 분포를 참고하여 제작해야 한다.

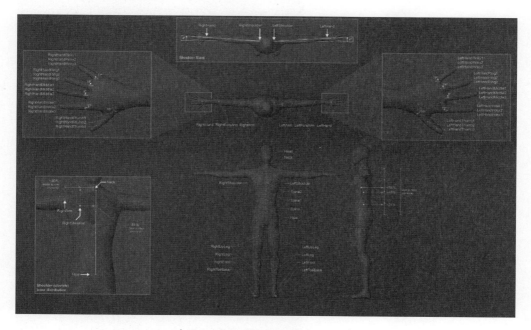

| 이미지 출처: 원더 스튜디오 튜토리얼 |

1 뷰포트에서 [Shift]+[A] 키를 눌러 [아마튜어] 오브젝트를 생성한다.

2 생성한 아마튜어 오브젝트는 다른 메쉬 오브젝트에 묻혀서 보이지 않기 때문에 ❶[오브젝트 프로퍼티스]에서 ❷[뷰포트 표시]의 ❸[앞의 표시]를 클릭하여 체크한다. 그러면 다른 오브젝트에 묻혀도 해당 아마튜어 오브젝트를 먼저 표시한다.

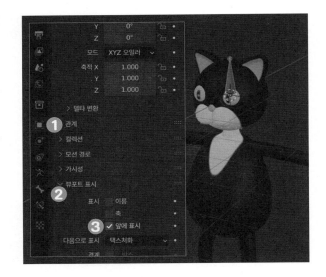

3 이제 뷰포트를 ❶[-Y]축 방향으로 회전한 후, ❷[이동] 툴을 이용하여 그림처럼 아마튜어 본의 룻 부분이 ❸[cat_body] 오브젝트의 [5분의 1]지점에 위치하도록 이동한다.

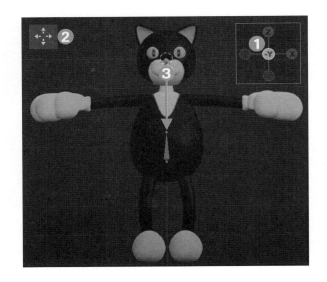

4 이어서 다른 부위의 뼈대를 생성하기 위해 뷰포트를 [에디트 모드]로 변경한다. 현재는 아마튜어 오브젝트를 선택한 상태에서 [Ctrl]+[Tab] 키는 포즈 모드로 변경되는 단축키이기 때문에 [Tab] 키를 눌러서 에디트 모드로 변환한다.

5 본에서 상단 **①**[팁]을 클릭하여 선택한 후, **②**[이동] 툴을 이용하여 **③** [cat_body] 오브젝트의 중앙보다 살짝 밑으로 드래그하여 그림과 같이 크기를 줄여 준다.

6 또 다른 뼈대를 생성해 보기 위해 본의 팁이 선택된 상태에서 **①**[E] 키와 **②**[Ctrl] 키를 모두 누른 상태로 그림처럼 [cat_body] 오브젝트의 중앙보다 살짝 위까지 드래그하여 본을 만든다.

7 같은 방법으로 [E] 키와 [Ctrl] 키를 사용하여 그림처럼 총 [3개]의 본을 더 생성한다.

추가로 생성된 3개의 본

8 생성한 3개의 본 중에 가장 상위에 있는 ❶[본 바디]를 클릭하여 선택한 후, ❷[우측 마우스 버튼]을 클릭하여 ❸❹[부모] – [지우기] – [본을 연결 끊기]를 선택한다. 그러면 연결되어 있던 두 개의 본이 끊어진다. 본을 연결 끊기 는 본을 선택한 상태에서 [Alt]+[P] 키를 쉽게 사용할 수 있다.

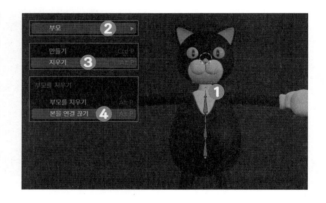

9 연결을 끊은 상단의 본은 ❶[이동] 툴을 이용해서 그림과 같이 ❷[위로 이 동]한다.

10 위치를 옮긴 본은 ①[팁]을 선택한
후, ②[E]+[Ctrl] 키를 누른 상태로 위로
드래그하여 그림과 같이 새로운 본을
생성한다.

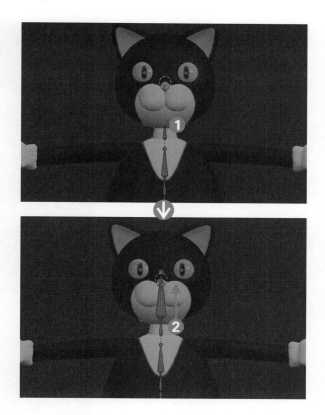

11 생성한 본은 각각의 ①[바디]를 한 번씩 클릭(선택)하면서 우측의 ②[본 프로퍼티스]에서 ③[이
름]을 변경한다. 이때 변경하는 이름은 구별하기 좋게 그림에 표시되어 있는 이름을 따라서 아래의 본부
터 각각 [Hips], [Spine], [Spine1], [Spine2], [Neck], [Head]로 지정한다.

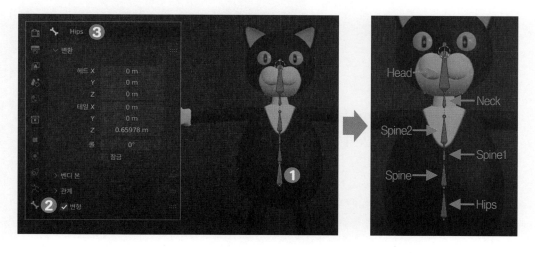

12 각각의 본 이름까지 변경하였다면, 뷰포트를 **1**[X]축 방향으로 회전한 후, **2**[이동] 툴을 이용하여 각 본의 팁과 뿌리의 **3**[위치]를 이동시켜서 그림과 같이 뼈대의 굴곡을 만든다.

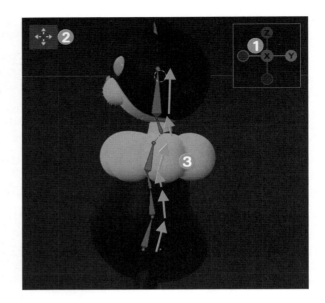

13 다시 뷰포트를 **1**[−Y]축 방향으로 회전한 뒤, 팔의 뼈대를 만들어 보자. 우측의 **2**[활성 도구 및 작업공간을 설정] 프로퍼티스에서 옵션의 **3**[X 축 미러]를 클릭하여 활성화된다.

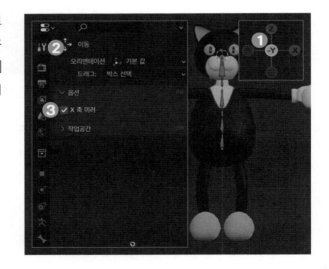

14 [Spine2] 본의 상단 **1**[팁]을 클릭(선택)한 후, **2**[Shift]+[E] 키를 누른 상태로 오른쪽으로 짧게 늘리면 그림과 같이 반대쪽도 똑같은 본을 생성된다.

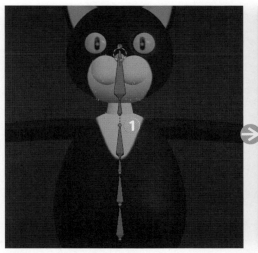

반대쪽 본
자동 생성

15 생성한 본은 선택된 상태로 ❶[본
을 연결 끊기]를 적용하여 연결되어 있
는 ❷[Spine2] 본과 분리한다. 분리된
본과 본은 ❸[이동] 툴을 이용하여 본의
❹[롯과 팁]의 위치를 조정하여 그림과
같이 변형한다.

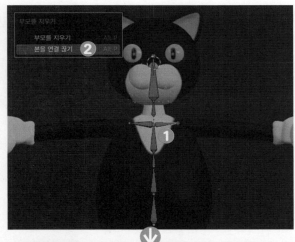

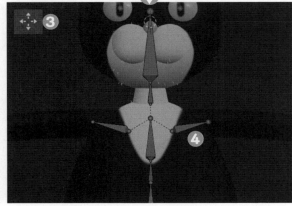

16 이제 생성한 본의 [팁]을 선택한 상태로 [E] 키를 사용하여 그림과 같이 [cat_leg] 오브젝트에 총 ❶❷❸[3개]의 본을 생성한다.

17 생성한 본들은 우측의 본 프로퍼티스에서 그림을 참고하여 캐릭터의 오른팔 기준으로 왼쪽부터 [LeftShoulder], [LeftArm], [LeftForeArm], [LeftHand]로 이름을 변경한다.

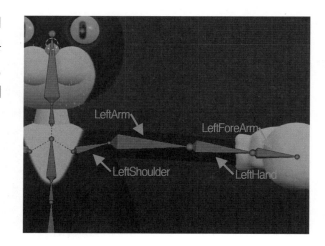

18 반대쪽 오른팔은 오른쪽부터 순서대로 [RightShoulder], [RightArm], [RightForeArm], [RightHand] 로 이름을 변경한다.

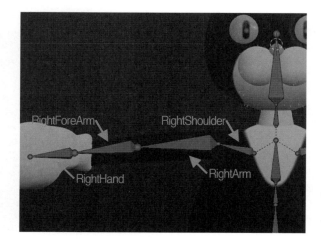

19 생성한 본의 이름을 모두 변경했다면 뷰포트를 ❶[Z]축 방향으로 회전한다. 그리고 팔 부분 본의 [롯과 팁]을 ❷[이동] 툴로 ❸[그림처럼] 캐릭터의 팔과 손 중앙으로 위치를 변경한다.

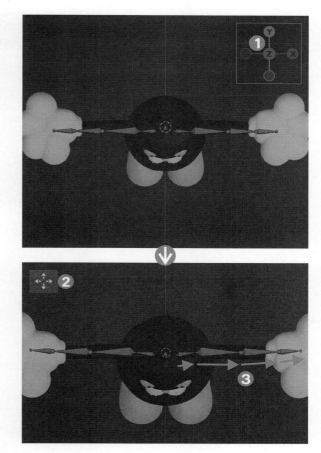

20 이어서 [LeftHand] 본의 ❶[팁]을 선택한 후, ❷[E] 키를 눌러서 그림과 같이 본을 생성한다.

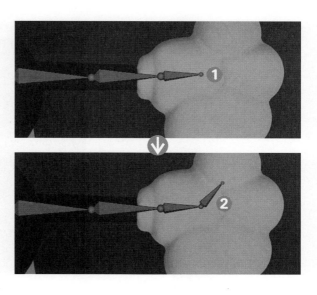

21 본의 바디를 ❶[선택]한 후, ❷[본을 연결 끊기]를 적용하여 [LeftHand]본과 분리한다.

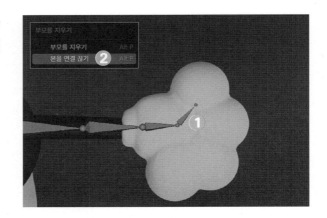

22 분리한 본은 ❶[이동] 툴을 이용하여 그림과 같이 고양이 손의 새끼 손가락 중앙으로 ❷[위치와 크기]를 조정한다.

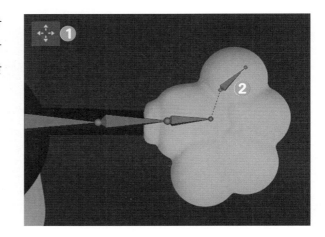

23 다시 [LeftHand] 본의 팁을 선택한 후, 위와 같은 방법을 반복하여 그림과 같이 총 [3개]의 손가락 본을 추가로 생성한다. 그리고 생성한 손가락 본은 우측의 본 프로퍼티스에서 위쪽부터 [LeftHandPinky1], [LeftHandMiddle1], [LeftHandIndex1], [LeftHandThumb1]으로 이름을 변경한다.

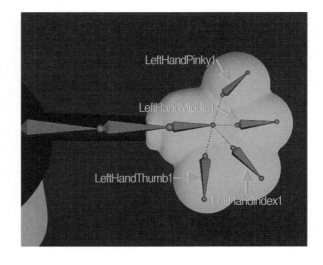

24 캐릭터의 오른쪽 손가락은 위쪽부터 순서대로 다음과 같이 이름을 변경한다.

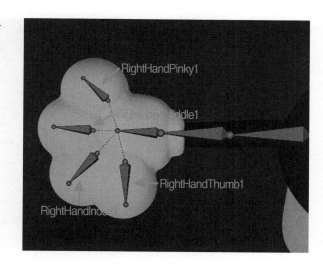

25 이제 뷰포트를 다시 ❶[-Y]축 방향으로 회전한 후, 이번엔 다리를 생성해보자. 생성한 [Hips] 본의 ❷[팁]을 선택한 후, ❸[Shift]+[E] 키를 눌러서 그림과 같이 본을 생성한다.

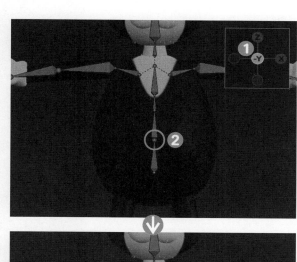

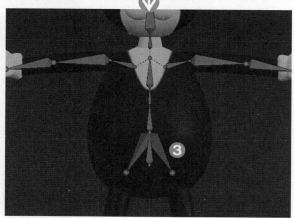

26 방금 생성한 우측 본의 ❶[바디]를 선택한 후, ❷[본을 연결 끊기]를 적용하여 이어져 있는 [Hips] 본과 연결을 끊는다.

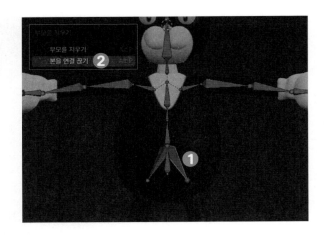

27 연결을 끊은 본은 ❶[이동] 툴을 이용하여 그림과 같이 [cat_leg] 오브젝트에 맞추어 ❷[위치와 크기]를 조절한다. 이어서 본의 ❸[팁]을 선택한 상태에서 ❹[E] 키를 눌러서 그림과 같이 새로운 본을 생성한다.

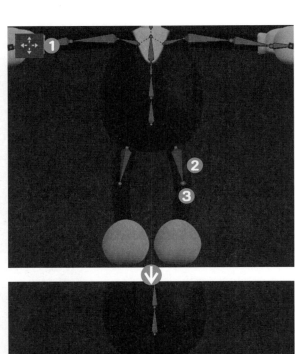

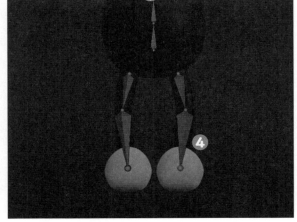

28 생성한 오른쪽 다리의 본은 본 프로퍼티스에서 그림과 같이 위쪽부터 순서대로 [LeftUpLeg], [LeftLeg] 로 이름을 변경하고, 왼쪽 다리 부분의 본도 위쪽부터 [RightUpLeg], [RightLeg]로 변경한다.

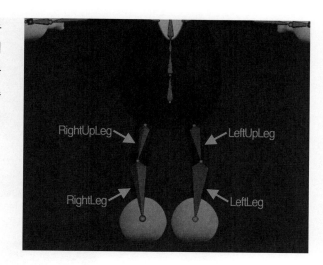

29 이제 뷰포트를 ❶[X]축 방향으로 회전한다. 그리고 생성한 [LeftUpLeg] 본과 [LeftLeg] 본의 롯과 팁을 ❷[이동] 툴로 ❸[위치와 크기]를 그림과 같이 [cat_leg] 오브젝트 형태에 맞추어 변경한다.

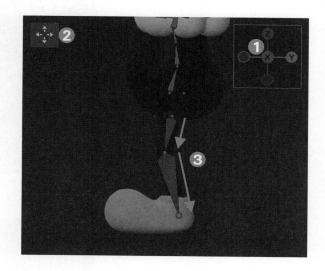

30 캐릭터의 발 뼈대도 만들어보자. [LeftLeg] 본의 ❶[팁]을 선택한 후, [E] 키를 눌러서 그림과 같이 ❷[2개]의 본을 생성한다.

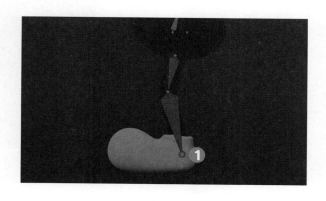

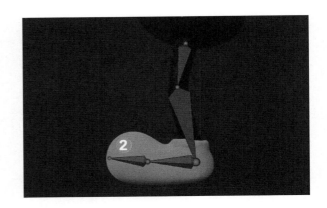

31 생성한 본은 본 프로퍼티스에서 우측방향부터 [LeftFoot], [LeftToeBase]로 이름을 변경한다.

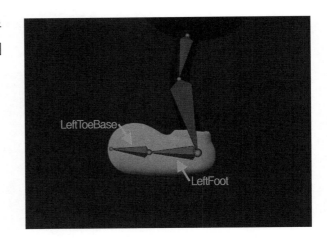

32 뷰포트를 ❶[-X]축 방향으로 회전한 후, 반대쪽 발의 본도 좌측부터 순서대로 ❷[RightFoot], [RightToeBase]로 이름을 변경한다.

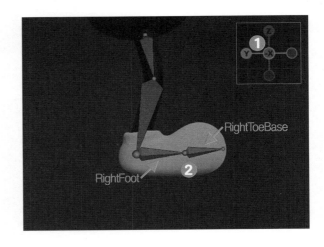

33 뼈대를 모두 심었다면 뷰포트를 다시 ❶[오브젝트 모드]로 변경하고, 아웃라이너에서 생성한 아마튜어 오브젝트의 이름을 ❷[cat_BODY]로 변경한다.

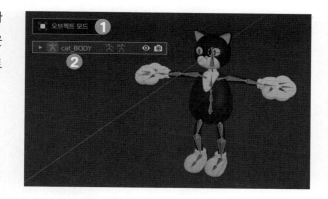

34 만약 ❶[-Y]축 방향에서 아마튜어를 보았을 때, 본이 회전되어 있다면, ❷[에디터 모드]에서 ❸[A] 키를 눌러서 모든 본을 선택한 후, 상단 헤더의 ❹❺❻❼[아마튜어] – [본 롤] – [롤을 재계산] – [글로벌 –Y축]을 클릭한다.

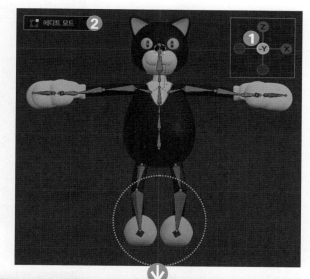

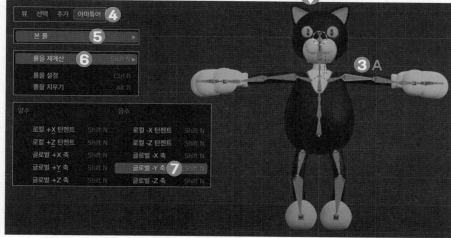

35 이제 뼈대와 캐릭터 오브젝트를 연결하기 위해서 ❶[cat_BODY] 오브젝트를 선택한 상태로 ❷[드래그]하여 오브젝트를 모두 선택한다.

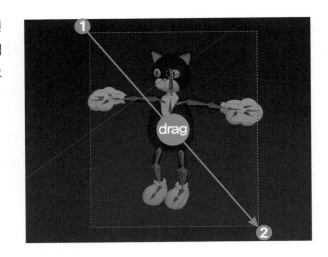

36 [cat_BODY] 오브젝트를 기준으로 하여 모든 오브젝트를 선택했다면, ❶ ❷[우측 마우스 버튼] – [부모] – [자동 웨이트와 함께]를 클릭하여 적용한다. 해당 기능은 뷰포트에서 [Ctrl]+[P] 키를 눌러서 쉽게 적용할 수 있다.

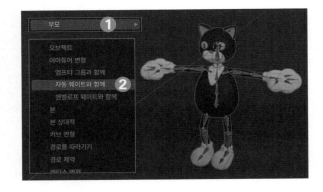

37 뼈대와 캐릭터가 잘 연결되었는지 확인하기 위해서는 ❶[cat_BODY] 오브젝트만 선택한 상태에서 ❷[포즈 모드]로 들어간 후, 원하는 본을 ❸[회전] 툴로 ❹[움직여보면] 알 수 있다. 포즈 모드는 뷰포트에서 [Ctrl]+[Tab] 키를 누르면 쉽게 변경할 수 있다. 참고로 변형된 포즈는 [Ctrl]+[Z] 키를 누르면 되돌아간다.

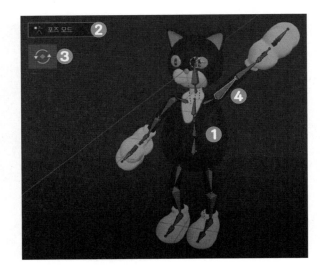

38 포즈 모드에서 본을 움직여 확인했을 때, 캐릭터의 털이 함께 움직이지 않는 것을 알 수 있다.

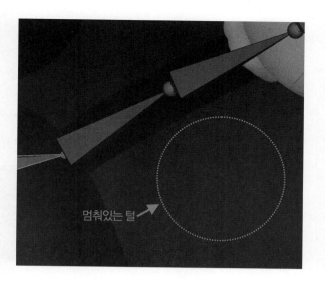

멈춰있는 털

39 이러한 문제는 뷰포트를 다시 ❶[오브젝트 모드]로 변경한 후에 헤어 파티클이 적용되어 있는 오브젝트를 각각 ❷[선택]하여 모디파이어 프로퍼티스에서 아마튜어 프로퍼티스 우측 상단의 ❸[6개] 점을 드래그하여 ❹[파티클 프로퍼티스] 위로 이동시키면 해결된다.

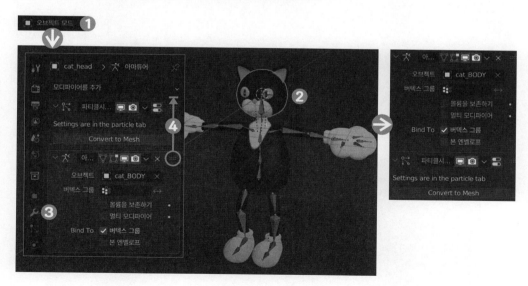

🔵 원더 스튜디오로 업로드하기

이제 제작된 캐릭터를 원더 스튜디오 플랫폼에 업로드해 보자. 플랫폼에 업로드하기 위해서는 메타데이터 파일을 얻어야하는데, 이 방법은 앞서 [Part 01 원더 스튜디오 시작하기] – [06. 캐릭터 업로드하기] 편을 참고하여 에드온을 설치한 뒤에 진행하도록 한다. 메타 데이터를 얻기 전, [Ctrl]+[S] 키를 눌러서 캐릭터를 제작한 해당 블렌더 파일을 [WonderStudio_CatCharacter]라는 이름으로 바탕화면에 저장해 놓는다.

블렌더 파일을 저장했다면, 메타 데이터를 얻기 위해 뷰포트에서 ❶[N] 키를 눌러서 뷰포트 우측에 새로운 창을 실행시킨다. 그리고 생성된 창의 우측에서 ❷[Wonder Studio Character Validator]를 클릭한다.

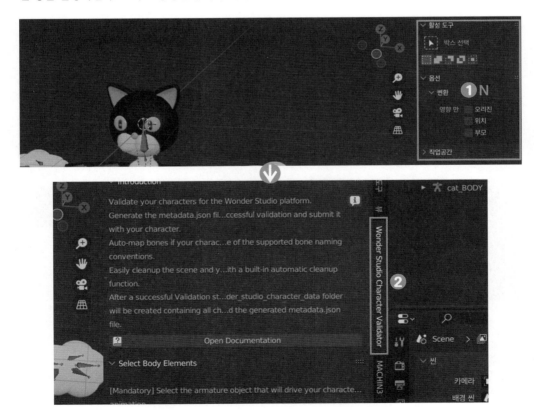

뷰포트에서 [cat_BODY] 아마튜어 오브젝트를 ❶[선택]한 상태로 Wonder Studio Character Validator메뉴의 ❷[Select Body Elements]에서 ❸[Grab Selected Armature] 아이콘을 클릭하여 선택한 아마튜어를 해당 칸에 할당한다.

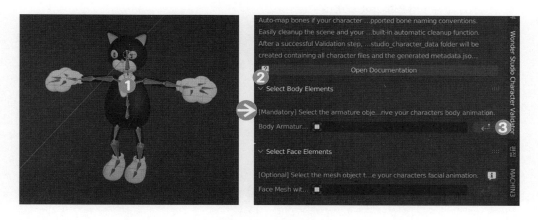

아마튜어를 할당하면 메뉴에서 아마튜어의 본 위치에 맞게 할당하는 부분이 생기는데, 해당 부분에서 ❶[Auto Assign Bones]를 클릭하여 기존에 설정한 본 이름에 맞춰서 메뉴에 자동으로 할당시킨다. 그리고 본까지 맞는 위치로 할당시켰다면, 메뉴를 맨 밑으로 내려서 ❷[Character Validation]에서 ❸[Validate Character]를 클릭한다.

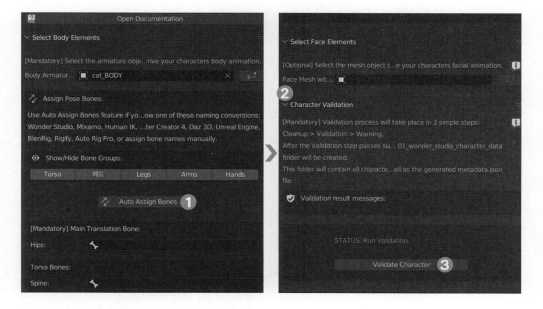

해당 버튼을 클릭하면 CLEANUP으로 시작하는 오류들이 뜬다. 이는 하단에 있는 ❶[Cleanup Character]를 클릭한 후, 이어서 뜨는 창에서 ❷[OK]를 누르면 해결된다. 이 외의 오류들은 원더 스튜디오 플랫폼에서 제공하는 메뉴얼 사이트(help.wonderdynamics.com)의 [Character Validation Messages] 메뉴에서 문제점과 해결 방법을 확인할 수 있다.

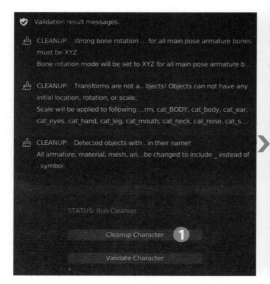 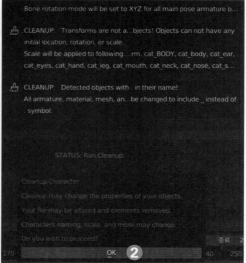

오류까지 해결되었다면 다시 ❶[Validate Character]를 클릭한다. 이제 바탕화면으로 가 보면 ❷ [01_wonder_studio_character_data]라는 이름으로 폴더가 생긴 것을 확인할 수 있다. 해당 ❸[폴더]에 들어가면 메타 데이터 파일을 포함한 블렌더 파일과 텍스처 이미지가 저장되어 있는 것을 확인할 수 있다.

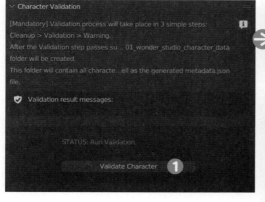 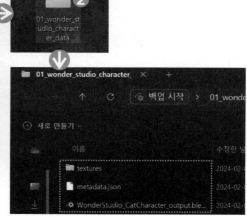

원더 스튜디오로 업로드하기

1 이제 앞서 만든 파일을 업로드하기 위해 원더 스튜디오에서 ❶[My Assets] 메뉴로 들어간 후, 우측 메뉴에서 ❷❸[Upload] – [Upload Character]를 클릭한다.

2 생성된 캐릭터의 이름은 ❶[Cat]으로 입력한 다음 ❷[Create] 버튼을 클릭한다. 계속해서 [01_wonder_studio_caracter_data] 폴더에 있던 [블렌더 파일]과 [메타 데이터 파일], [텍스처 폴더]를 ❸[모두 선택]한 후, 드래그(끌어서)하여 ❹[Model & Textures]에 첨부한다.

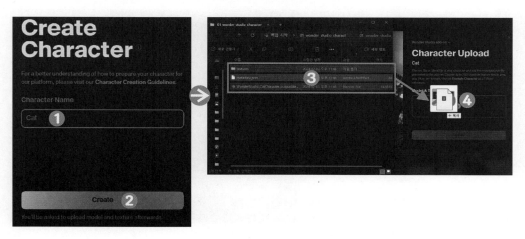

3 그리고 ❶[Upload] 버튼을 클릭하여 업로드한다. 모든 파일이 제대로 올라갔다면, ❷[Validata]를 클릭하여 플랫폼에 만든 캐릭터를 적용한다.

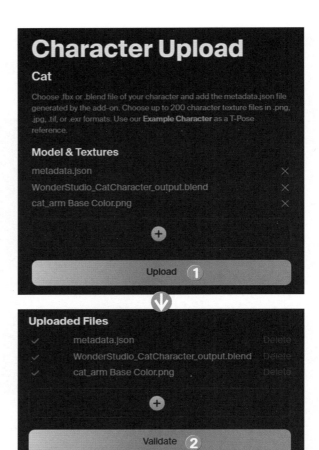

4 업로드한 캐릭터는 시간이 지나면 미리보기 이미지를 띄워준다. 이를 확인하여 캐릭터가 제대로 업로드 되었는지 살펴본다.

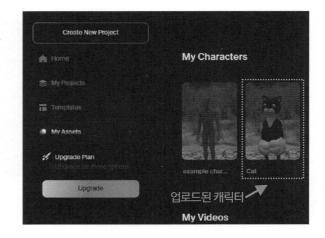

유튜브 숏츠 제작하기

원더 스튜디오 플랫폼에서는 다양한 작업이 가능하다. 영상 속의 배우를 CG 캐릭터로 변경하는 것을 포함하여 모션 캡처 작업까지 높은 퀄리티로 생성할 수 있는데, 이는 영화 뿐만 아니라 수많은 작품에서 활용할 수 있다. 1인 미디어 시대가 된 현재, 유튜브 플랫폼을 이용한 간단한 작품 제작 및 수익 창출에 대해 알아보고자 한다. 최근 유튜브에서는 다양한 3D 게임의 실황 영상을 시작으로 가상현실을 이용한 방송 등 다양한 분야에서 많은 인기를 끌며 흥행하고 있다. 그 중에서도 모션 캡처 방식을 이용한 버츄얼 아이돌 또는 버튜버가 트렌드이기 때문에 이를 참고하여 실사 영상에서 사람 대신 직접 제작한 고양이 캐릭터가 움직이는 숏츠 영상을 만들어 보자.

Pr 동영상 편집 (프리미어 프로)

원더 스튜디오 플랫폼은 영상의 길이에 따라 소요되는 크레딧이 있다. 해당 크레딧은 별도로 구매하기 어렵고, 매달 제공되는 양이 한정되어 있으므로 영상을 먼저 편집한 후 업로드하는 것이 좋다. 유튜브로 수익을 창출하기 위해서는 사람들의 관심을 끌 만한 주제를 선택하는 것이 중요하다. 그래서 유튜브 쇼츠, 인스타그램 릴스, 틱톡 등의 플랫폼을 통해 최근 유행하는 트렌드나 챌린지 영상에 대해 알아보는 것이 좋다. 책에서는 [학습자료] 폴더에 있는 [Wednesday Dance Cover.mp4] 파일의 영상을 사용한다. 본 과정은 이해를 돕기 위한 것으로, 추후 수익 창출을 위한 영상은 저작권 문제를 고려하여 직접 촬영하는 것이 권장된다. 만약 직접 영상을 촬영한다면, 인물이 잘리지 않고 온전히 나올 수 있도록 해야 한다.

| 영상 출처: YouTube Mélanie Morais−DANCE COVER // Wednesday Dance *espelhado* |

이제 해당 영상을 유튜브 숏츠에 맞게 편집해 보자. 본 도서는 프리미어 프로를 사용하여 영상 편집을 이용할 것이며, 버전은 2022이다. 작업을 하기 위해 [프리미어 프로]를 실행한다. 만약 프리미어 프로가 없다면 해당 영상 편집 파트는 건너 뛴 후, [학습자료]에 있는 [Wednesday Dance Cover Shorts.mp4] 파일을 사용하여 프로젝트 제작 파트를 진행한다.

📑 예제 파일

[학습 자료] - [Wednesday Dance Cover Shorts.mp4]

프리미어 프로를 실행한 프리미어 프로의 좌측에서 ❶[새 프로젝트]를 클릭한다. 새 프로젝트 이름을 ❷ [Wonder Studio_Youtube Shorts]로 변경한 후, 저장할 ❸[위치]를 배경화면으로 설정하고 하단의 ❹[확인]을 눌러서 프로젝트를 만든다.

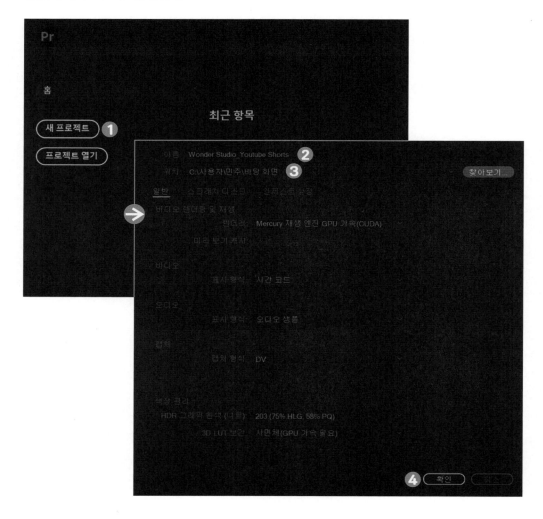

이제 유튜브 쇼츠 사이즈에 맞춰서 시퀀스를 생성해 보자. 좌측 하단에 프로젝트 창에서 [우측 오른쪽 버튼] – [새 항목] – [시퀀스]를 선택한다.

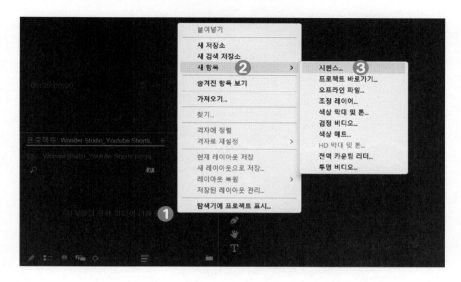

❶[시퀀스 사전 설정]에서 아무 ❷[시퀀스]나 선택한 후에 상단의 ❸[설정]을 클릭하여 창을 이동한다. 유튜브 숏츠는 9:16 비율로 가로 1080, 세로 1920 사이즈를 기본으로 한다. 설정 창에서 그림과 같이 시퀀스의 편집 모드와 프레임 크기, 시퀀스 이름 등을 ❹❺설정한 후에 ❻[확인] 버튼을 클릭한다.

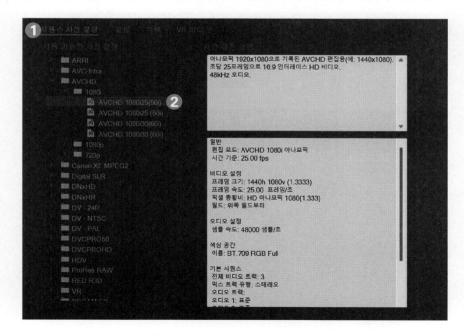

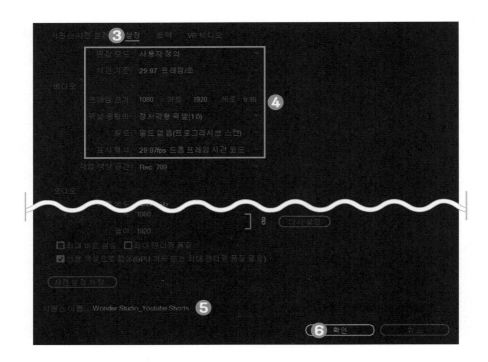

이제 [학습자료]에서 ❶❷[Wednesday Dance Cover.mp4] 파일을 생성한 시퀀스의 타임라인에 끌어서 적용한다.

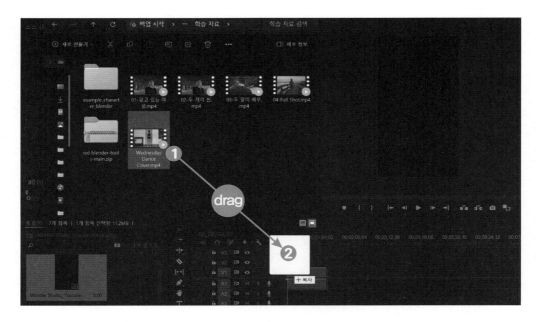

영상을 적용하면 설정한 시퀀스의 크기즈와 영상의 크기가 맞지 않아, 클립 불일치 경고 창이 뜬다. 여기에서는 [기존 설정 유지]를 클릭하여 시퀀스의 크기를 고정한다.

프로그램 패널 상단에 있는 작업 공간 레이아웃을 [그래픽]으로 변경한다.

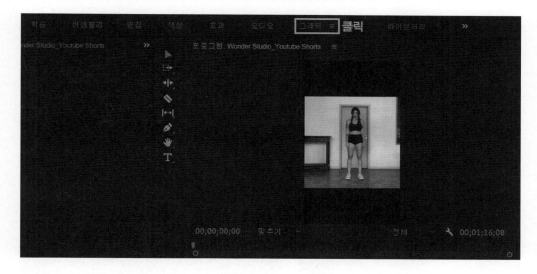

작업 영상이 적용된 타임라인에서 ❶[영상 클립]을 선택한 후, 좌측 상단의 ❷[효과 컨트롤]에서 ❸[비율 조정 값]을 [185.0]으로 설정하여 영상의 세로 크기를 시퀀스 크기에 맞추고, ❹[X축] 위치를 조절하여 영상 속 배우가 화면 중앙에 오도록 한다.

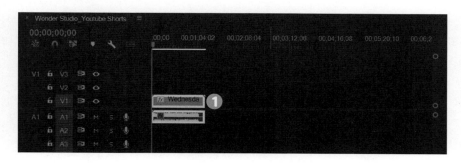

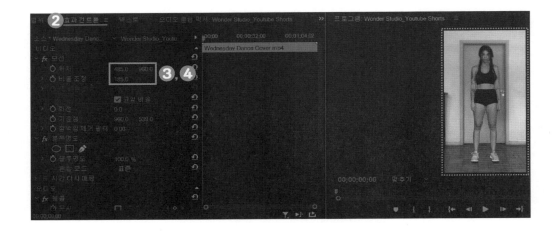

타임라인에서 좌측 상단의 ❶[재생 헤드 위치] 값을 클릭하여 영상을 [07.28]초로 이동한다. 그다음 영상 속 인물이 화면 중앙을 벗어나기 직전인 07.28초를 기점으로 배우를 따라다니는 듯한 애니메이션을 만들기 위해 ❷[효과 컨트롤]에서 [위치]의 좌측에 있는 ❸[키프레임 활성화] 아이콘을 클릭하여 애니메이션을 위한 키프레임을 생성한다.

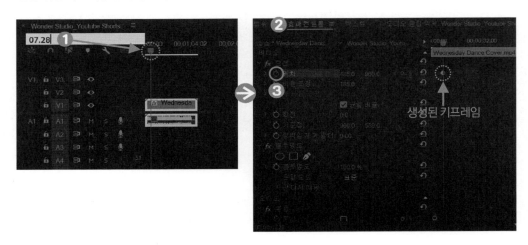

이제 좌우 방향 키로 영상의 ❶[프레임] 위치를 변경해 가며, 영상 속 배우의 위치가 중앙을 벗어나면 효과 컨트롤에서 위치 ❷[X]값을 조절하여 ❸[배우가 중앙]에 오도록 변경한다.

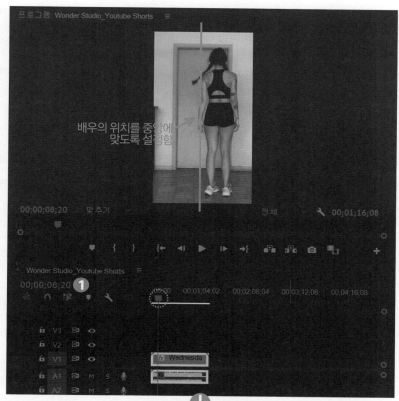

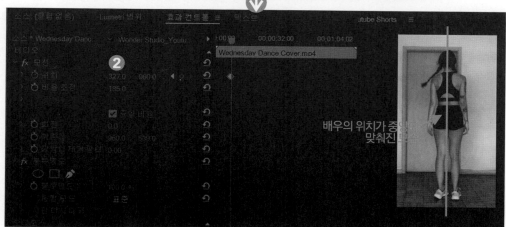

계속해서 배우가 중앙에 오래 있다가 벗어나게 된다면, ❶[중앙을 벗어나기 직전의 프레임]으로 이동한 후, 효과 컨트롤에서 [위치]에 ❷[키프레임 추가] 아이콘을 클릭하여 키프레임을 생성한 후, 다시 프레임을 이동하여 ❸[배우 움직임]에 맞게 ❹[위치]를 조절한다.

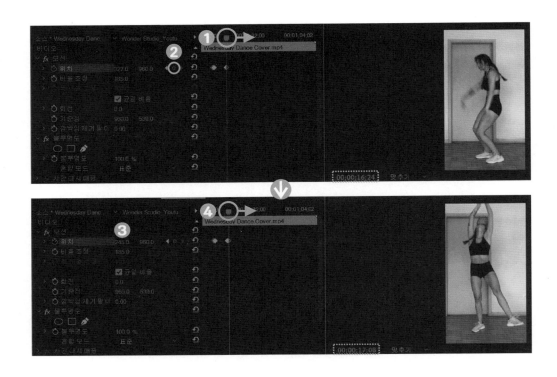

계속해서 같은 방법으로 30초까지 장면에서 배우가 화면 중앙에서 벗어나면 다시 중앙에 위치하도록 작업이을 완료한다.

30초까지 작업된 모습

이제 ❶[30초] 지점에서 툴 바에서 ❷[자르기] 도구를 선택한 후, 타임라인에서 [재생 헤드]가 있는 위치에 맞춰 ❸[클릭]하여 30초를 기점으로 영상을 자른다.

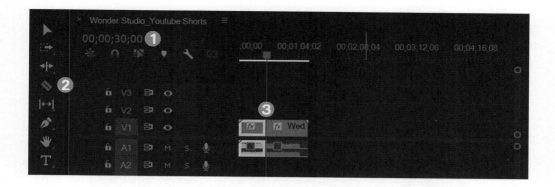

다시 ❶[선택] 툴을 사용하여 잘려진 우측 영상을 ❷[클릭(선택)]한 후, ❸[Delete] 키를 눌러서 삭제한다.

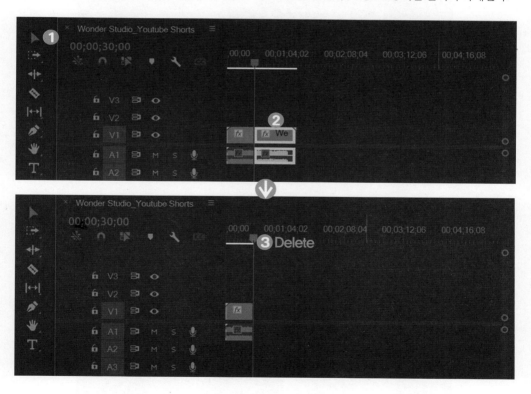

재생 헤드를 ❶[0(시작점)초]로 이동한 후, ❷[Space] 키를 눌러서 영상을 재생하여 영상 속 배우가 화면 중앙에 위치하도록 애니메이션이 잘 만들어졌는지 확인한다.

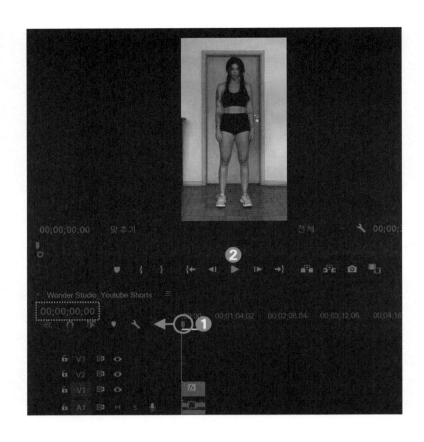

영상 편집이 완료되면 동영상 파일을 만들기 위해 [Ctrl]+[M] 키를 눌러서 내보내기 설정 창을 열어 준다.

내보내기 설정은 다음과 같이 ❶[비디오 형식(MP4)과 사전 설정]을 변경한 후, ❷[출력 이름]을 클릭하여 저장 위치를 바탕화면으로 변경한다. 그리고 하단의 ❸[최대 렌더링 품질 사용]을 체크한 후, 아래쪽에 있는 ❹[내보내기]를 클릭하여 영상 렌더링을 진행한다. 렌더링이 끝나면 지정된 위치에 파일이 완성된다.

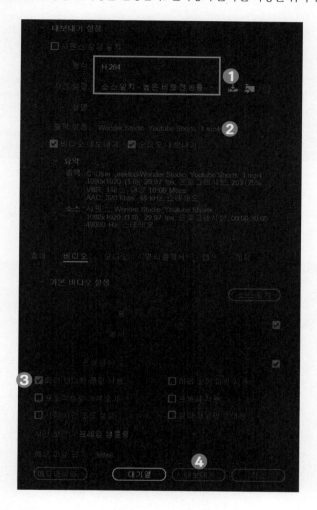

🐾 프로젝트 제작 (원더 스튜디오)

이제 유튜브 숏츠에 맞게 편집한 영상을 가지고 원더 스튜디오 플랫폼에서 직접 만든 3D 캐릭터를 삽입해 보자. 원더 스튜디오에서 [라이브 액션 고급(Live Action Advanced)] - [Continue]를 통해 프로젝트를 생성한다.

편집한 ❶[Wonder Studio_Youtube Shorts.mp4] 파일을 가져와 생성한 프로젝트에 삽입한다. 그다음 상단의 ❷[Next]를 클릭하여 액터 할당 단계로 넘어간다.

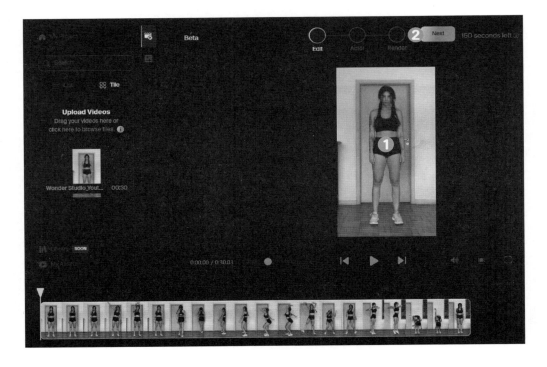

프레임 패널 우측 하단에 생긴 Choose Actor 창에서 [Scan frame for actors]를 클릭하여 영상 속의 배우를 스캔한다.

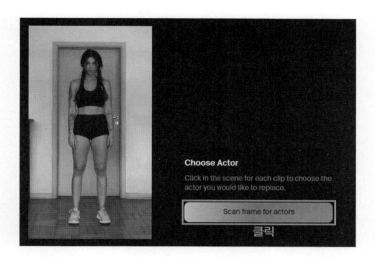

배우가 스캔 되었다면, 우측 캐릭터 업로드 창에서 ❶[My Characters] 메뉴로 들어간 후, 이전에 제작하여 업로드한 ❷[Cat] 캐릭터를 끌어다 스캔한 배우에게 삽입한다.

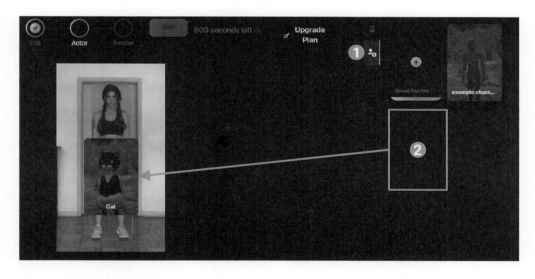

좌측의 전역 설정에서 ❶[Feet IK와 Wrists IK]를 활성화하고, 고급 설정에서 ❷[Shot Type과 Motion Type]를 각각 Wide와 Fast로 변경한다. 그리고 상단의 ❸[Next]를 클릭하여 렌더를 위한 설정 단계로 넘어 간다.

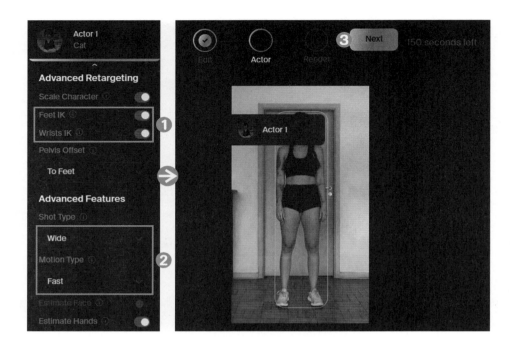

렌더 설정 단계에서는 그림과 같이 영상 화소와 파일 형식을 각각 ❶[1080p], ❷[MP4]로 설정하고, 추후 3D 애니메이션 제작 및 3D 게임 캐릭터를 만드는 과정에서 사용하기 위해 ❸[AI MoCap]과 ❹[Blender Scene]을 클릭하여 활성화한 후에 하단 ❺[Start Processing]을 클릭하여 렌더링을 진행한다. 참고로 Blender Scene을 활성화하면 Clean Plate와 Alpha Masks 기능도 함께 활성화된다.

렌더링이 완료된 영상은 다음과 같다. 만약, 완성된 영상을 확인하고자 한다면 In Progress에 있는 영상을 클릭하면 된다.

유튜브 숏츠에 게시하기

1 제작한 영상을 유튜브 숏츠에 올려 보자. 원더 스튜디오 플랫폼에서 렌더 링을 마친 [Wonder Studio_Youtube Shorts] 영상에서 하단의 [Export Video]를 클릭하여 영상을 저장한다.

필자의 블렌더 유튜브 채널

2 유튜브 숏츠는 휴대폰의 유튜브 어 플을 사용해야 쉽게 업로드가 가능하 며, 업로드 과정에서 다양한 편집이 가 능하다. 그렇기 때문에 저장한 편집 영 상을 카카오톡 또는 이메일로 전달하여 휴대폰으로 옮긴 상태에서 저장한 영상 을 유튜브에 게시하기 위해 유튜브 어 플 중앙 하단의 [+]를 선택한다.

3 이어서 ❶[Shorts 동영상 만들기]를 클릭한다. 그다음 좌측 하단에 뜨는 ❷[갤러리]를 클릭한 후, 폰으로 저장한 영상을 선택한다.

4 영상은 이미 편집되어 있는 것이기 때문에 우측 하단의 ❶[완료] 버튼을 클릭한다. 숏츠는 최대 60초까지 업로드가 가능하기 때문에 선택한 영상 외에도 추가적으로 영상을 촬영하거나 업로드할 수 있게 된다. 여기서 추가할 영상은 따로 없기 때문에 그대로 우측 하단에서 ❷[체크] 아이콘을 클릭하여 영상 업로드를 진행한다.

5 이제 상단의 ❶[사운드 추가]를 클릭한 후, 영상과 맞는 ❷[음악]을 찾아서 선택한다.

6 선택한 음악은 상단에서 다시 클릭하면 사운드를 변경할 수도 있고, 제거할 수도 있으며, 하단에서 원하는 타이밍의 음악을 지정할 수도 있다. 음악을 ❶[확인]했다면 이제 다음 화면에서 우측 하단의 ❷[다음]을 클릭한다.

7 마지막으로 업로드에 관한 설정을 진행해 보자. 영상 **①**[이미지(기본 썸네일)]를 클릭하여 썸네일로 띄워줄 장면을 선택하고, 사람들의 관심을 끌 수 있는 영상 **②**[제목]을 입력한다. 이어서 하단의 **③**[공개] 상태와 **④**[시청자층], **⑤**[댓글] 여부를 선택한 후, **⑥**[Shorts 동영상 업로드]를 클릭하여 영상을 업로드한다.

업로드한 영상은 우측 하단의 **⑦**[프로필] 메뉴로 들어간 후, 상단의 프로필 정보에서 **⑧**[채널 보기]를 클릭한다.

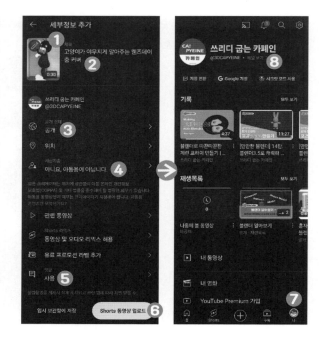

8 그리고 **①**[동영상 관리]를 클릭하여 업로드한 숏츠 영상이 잘 업로드 되었는지 **②**[확인]한다.

9 참고로 업로드한 영상은 해당 영상의 우측 **❶**[⋮]메뉴에서 **❷**[수정]을 통해 수정할 수 있다.

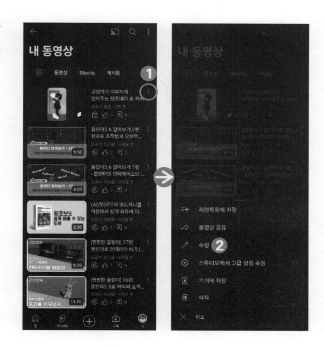

🔟 그밖에 유용한 활용법

원더 스튜디오 플랫폼은 CG 처리 기술 외에도 3D 파일로 내보낼 수 있는 기술 및 모션 캡처 데이터를 얻을 수 있는 기능까지 선보였다. 이번 챕터에서는 앞선 학습에서 살펴보지 않은 유용한 기능들을 활용하여 할 수 있는 작업에 대해서 알아보도록 한다.

🎬 애니메이션 파일로 내보내기

3D 애니메이션으로 유명한 디즈니, 픽사 등의 작품을 살펴보면 캐릭터의 움직임이 과장되어 있기도 하지만 매우 자연스럽다는 것을 알 수 있다. 이런 애니메이션은 사람의 움직임을 직접 본 따서 만드는 것이 빠르고 높은 퀄리티를 낼 수 있는데, 해당 과정은 배역 지정을 포함하여 제작 과정까지도 복잡하다. 이러한 단점을 보완하고자 원더 스튜디오의 3D 프로그램으로 내보내기 기능을 활용하여 3D 애니메이션을 만들어보고자 한다.

원더 스튜디오에서 라이브 액션 프로젝트 또는 AI 모션 캡처 프로젝트를 이용해서 원하는 영상 속 배우의 움직임을 얻을 수 있다. 가장 먼저 라이브 액션 고급(Live Action Advanced) 프로젝트를 이용하여 캐릭터 모션을 생성해 보자. 먼저 [My Projects] 메뉴로 들어가서 [02. 유튜브 숏츠 제작하기]에서 렌더링한 [Wonder Studio_Youtube Shorts] 프로젝트 영상을 클릭한다.

해당 프로젝트 하단에 있는 ❶[Export Scene(s)]를 클릭한 후, ❷[Blender Scene]을 선택하여 블렌더 파일을 다운로드 한다. 그리고 다운로드된 폴더에서 ❸[output_full_scenes_files.zip] 파일의 압축을 푼 후, 해당 폴더에서 ❹[블렌더] 파일을 실행시킨다.

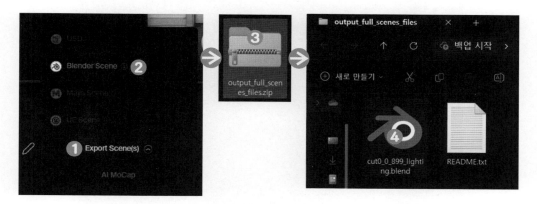

실행한 블렌더에서 뷰포트 셰이딩을 와이어 프레임에서 [머티리얼 미리보기]로 변경한다. 뷰포트 셰이딩은 뷰포트에서 [Z] 키를 누르면 쉽게 변경할 수 있다.

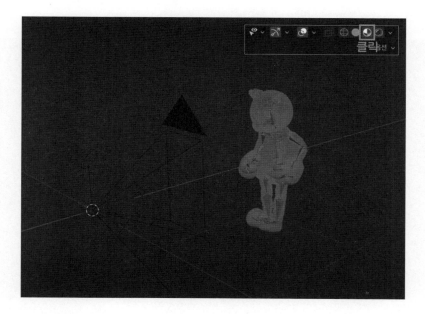

현재 캐릭터는 이미지 텍스처를 찾을 수 없는 상태이므로 캐릭터가 분홍색으로 바뀌어져 있다. 이러한 문제를 해결하기 위해 상단의 ❶❷❸[파일] – [외부 데이터] – [누락된 파일을 찾기]를 클릭한다.

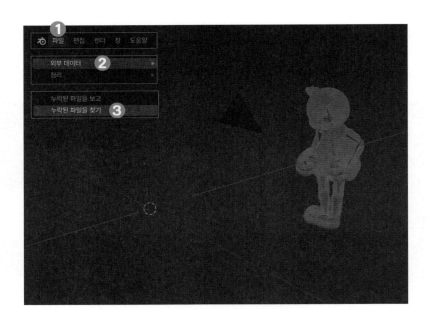

이어서 바탕화면에 CG 캐릭터를 제작할 때 만들어 놓은 ❶[Texture] 폴더를 찾아 들어간 후, 우측 하단의 ❷[누락된 파일을 찾기]를 클릭한다.

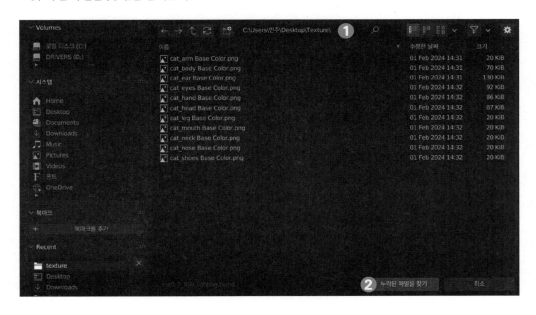

텍스처를 모두 찾아서 캐릭터의 형태가 제대로 갖춰졌다면, 이제 외부 에셋을 이용하거나 직접 모델링

하여 캐릭터 뒤의 배경을 제작한다. 배경을 모두 제작한 뒤 뷰포트 우측의 [카메라 뷰를 토글] 아이콘을 클릭하여 카메라 시점으로 화면을 전환한다. [Num 0] 키를 눌러서 쉽게 화면을 전환할 수 있다.

이어서 하단 타임라인에서 [재생] 버튼을 눌러서 애니메이션을 실행시킨 후, 배경이 잘 배치되었는지 확인한다. 애니메이션 재생 및 정지는 [Space] 키를 눌러서 쉽게 조작할 수 있다.

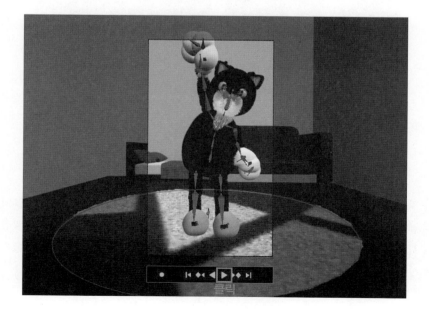

애니메이션부터 배경까지 잘 만들어진 것 같다면, 이제 MP4 파일로 애니메이션 영상을 렌더링해 보자. 우측에서 ❶[렌더 프로퍼티스]로 들어간 후, ❷[렌더 엔진과 장치]가 각각 [Cycles]와 [GPU] 계산인지 확인한다. 해당 값으로 설정되어 있지 않았다면 직접 변경하도록 한다. 이어서 렌더의 ❸[Max Samples] 값을 [100]으로 지정하여 영상의 디테일을 높여준다. 계속해서 이번엔 ❹❻[출력 프로퍼티스]로 들어간 후, ❺[형식의 해상도] 값을 조절한다. FHD 해상도를 원할 경우에는 X, Y값을 각각 1080, 1920으로 설정하고, UHD 해상도를 원할 경우에는 2160, 3840으로 설정한다. 해상도가 높으면 높을수록 화질은 좋아지지만 렌더링 과정에서 오래 걸린다는 것을 감안해야 한다.

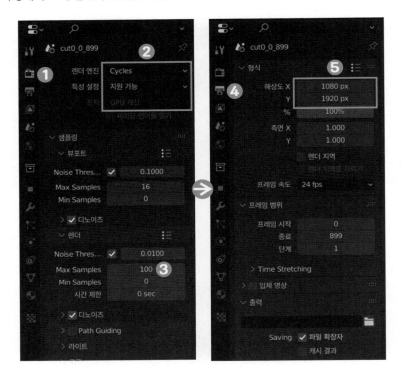

- FHD = Full HD, 2K, 1080p
- UHD = Full HD의 4배, Ultra HD, 4K

해상도를 지정했다면, 파일을 저장할 위치와 파일 형식을 설정하도록 하자. ❶[출력]에서 파일 아이콘을 클릭하여 렌더링할 영상을 저장할 위치와 이름을 지정하고, 파일 형식을 ❷[FFmpeg Video]로 설정하여 동영상 형식으로 내보낼 수 있도록 변경한다. 마지막으로 ❸[인코딩]에서 컨테이너를 ❹[MPEG-4]로 변경하여 동영상 파일 형식을 MP4로 만들 수 있도록 한다.

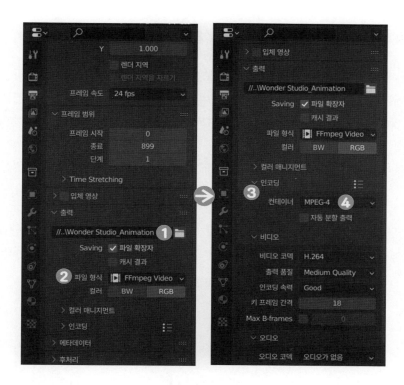

이제 뷰포트에서 [Ctrl]+[F12] 키를 눌러서 영상을 렌더링한다. 렌더링한 영상은 파일 위치를 지정한 곳에서 확인할 수 있다.

🗨 게임용 캐릭터 파일로 내보내기

3D 게임을 제작하다 보면 원하는 형태의 캐릭터 모션을 구하기가 쉽지 않다. 특히, 퀄리티 높은 모션을 얻기 위해서는 모션 캡처를 통해서 직접 따내는 것이 보편적인데, 이는 모션 캡처 장비와 전문 배우를 필요로 하여 많은 비용이 들어가게 된다. 원더 스튜디오를 사용하면, 고가의 모션 캡처 장비를 이용하지 않아도 사용할 모션 캡처를 대신할 수 있다. 이번에는 원더 스튜디오의 AI 모션 캡처 기능을 이용하여 [나만의 CG 캐릭터 만들기]에서 제작한 캐릭터에 원하는 모션을 삽입하여 게임용 캐릭터 파일을 만들어 보기로 한다.

원더 스튜디오 플랫폼에서 ❶[My Projects] 메뉴로 들어가서 이전 파트에서 제작한 ❷[Wonder Studio_Youtube Shorts] 프로젝트 영상을 클릭한 후, 하단의 ❸[AI MoCap]을 클릭하여 파일을 저장한다.

저장한 파일의 다운로드 폴더로 들어가 ❶[압축]을 푼 후, [Part 03-11. 나만의 CG 캐릭터 만들기]에서 제작한 ❷[WonderStudio_ CatCharacter.blend] 파일을 실행한다. 이제 AI 모션 캡처 파일은 FBX 파일 형식으로 저장되기 때문에 고양이 캐릭터를 제작한 블렌더 파일에서 불러오고자 한다.

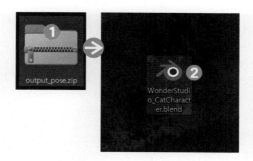

실행된 프로젝트가 열리면, 해당 파일에서 활성화되어 있는 [Wonder Studio Character Validator] 창은 ❶ [N] 키를 눌러 닫아 준다. 그다음 캐릭터에 포함된 아마튜어 오브젝트를 선택한 후, ❷[Delete] 키를 눌러 제거한다.

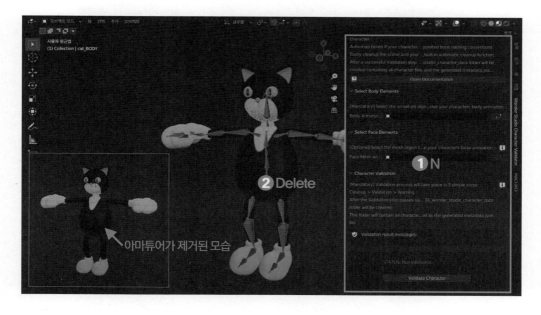

FBX 파일에서는 파티클 표현이 이루어지지 않는다. 때문에 헤어 파티클이 있는 ear, head, mouth, neck, body, arm, leg 오브젝트는 한 번씩 선택한 후, ❶[모디파이어 프로퍼티스]에서 파티클 시스템 모디파이어를 제거해야 한다. 모디파이어는 ❷[마우스 커서]를 올려놓은 뒤에 ❸[Delete] 키를 누르면 제거할 수 있다.

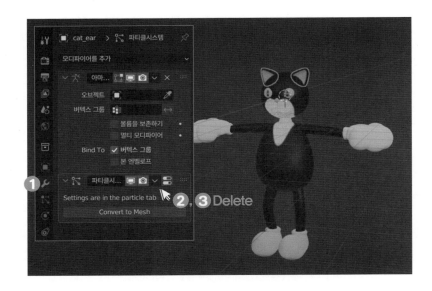

헤어 파티클을 모두 제거했다면, 뷰포트에서 ❶[A] 키를 눌러서 모든 오브젝트를 선택한다. 그리고 ❷ [회전] 툴을 선택한 후, ❸[Ctrl] 키를 누른 상태로 파란색의 [Z]축 바를 드래그하여 그림처럼 오른쪽 방향 으로 [90]도 회전한다.

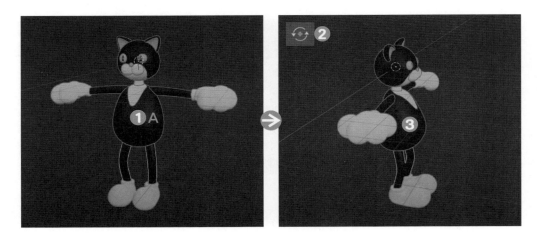

이제 원더 스튜디오에서 내보낸 AI 모션 캡처 데이터 파일을 불러와 보자. 상단의 ❶❷❸[파일] - [가져 오기] - [FBX (.fbx)]를 클릭한 후, 압축을 풀었던 cut_0 폴더에서 ❹[Actor 1.fbx] 파일을 선택하여 ❺[가져 오기] 버튼을 눌러 가져 온다.

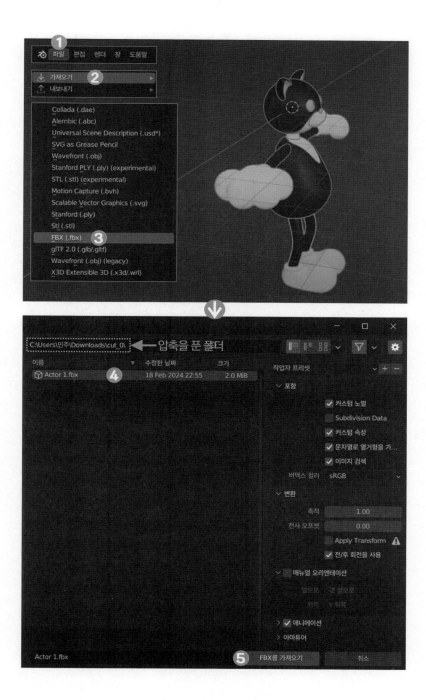

불러온 fbx 파일에서 ❶[아마튜어] 오브젝트를 선택한 후, 우측의 ❷[오브젝트 데이터 프로퍼티스]에서
❸[휴식 위치]를 클릭한다.

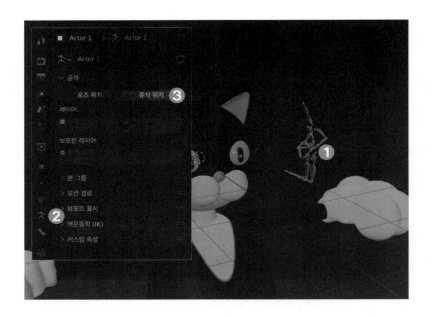

아마튜어 본과 캐릭터의 모습이 겹친 것을 해결하기 위해 ❶[A] 키를 눌러서 두 오브젝트를 모두 선택한다. 그러면 우측 아웃라이너를 보면 카메라 오브젝트까지 선택되었음을 확인할 수 있다. 여기서 [Ctrl] 키를 누른 상태로 카메라 오브젝트인 ❷[cut0_main]을 [두 번] 클릭하여 선택을 취소하고, [Ctrl] 키를 누른 채로 카메라 오브젝트 안에 포함되어 있는 ❸[Actor 1] 아마튜어 오브젝트를 [한 번] 선택하여 그림처럼 카메라에 포함된 Actor 1만 선택되도록 한다.

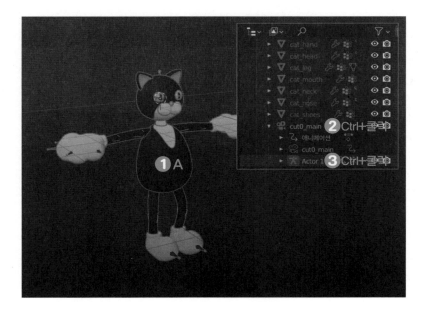

앞서 선택한 오브젝트 상태로 뷰포트에서 [우측 마우스 버튼]를 클릭한 후 ❶❷[부모] – [자동 웨이트와 함께] 를 클릭하여 아마튜어와 캐릭터 모델은 연결해 준다.

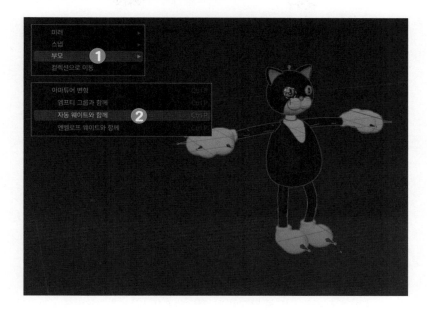

다시 ❶[오브젝트 데이터 프로퍼티스]에서 ❷[포즈 위치]로 변경한 뒤 타임라인에서 애니메이션을 ❸[재생]시키면 캐릭터가 아마튜어에 따라서 움직인다.

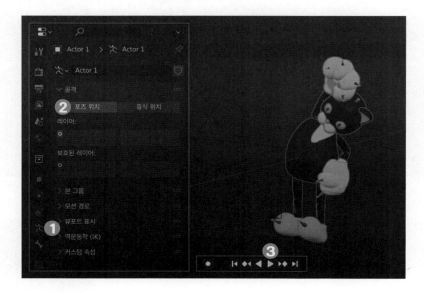

마지막으로 이것을 게임에서 활용할 수 있는 FBX 파일로 내보내야 한다. 상단의 ❶❷❸[파일] – [내보내기] – [FBX (.fbx)]를 클릭한다.

그리고 원하는 ❶[위치]와 ❷[파일명]으로 변경한 뒤, 하단의 ❸[FBX를 내보내기]를 클릭한다.

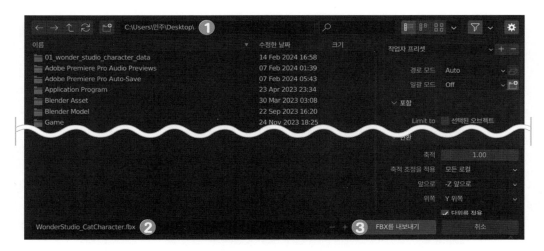

이제 내보내기한 파일을 확인하기 위해 앞서 지정한 위치로 가보면 [FBX] 파일이 생성되어 있는 것을 확인할 수 있다.

🦜 언리얼 엔진 5에서 실행하기

원더 스튜디오는 24년 2월 기준, 언리얼 엔진(Unreal Engine) 장면으로 내보낼 수 있는 기능을 출시했다. 언리얼 엔진은 강력한 그래픽 성능과 다양한 개발 옵션, 그리고 리얼 타임 렌더링 기술을 제공하기 때문에 게임뿐만 아니라 건축, 영화 및 실시간 방송 컨텐츠 제작, 자동차 시각화 등 다양한 산업 분야에서 사용되고 있는 프로그램이다. 여기서 리얼 타임이란 가상 공간을 딜레이 없이 실시간으로 구현해 주는 것으로 퀄리티를 유지하며, 특정 부분을 실시간으로 구현하기 때문에 시간 절약 및 많은 작품에 사용할 수 있어서 효율적이다. 이러한 언리얼 엔진으로 내보내는 기능은 다양한 산업 분야에서 높은 퀄리티로 응용할 수 있는 것이므로 원더 스튜디오 플랫폼의 또다른 강력한 기술이라 본다. 때문에 본 과정을 통해 해당 기술을 이용하여 언리얼 엔진에서 실행하고, 이미지 시퀀스까지 재생하는 방법을 알아보고자 한다.

언리얼 엔진으로 내보내는 방법은 라이브 액션 프로젝트의 마지막 단계인 렌더 설정 부분에서 설정할 수 있다. 이 과정에서 프로젝트의 영상 및 CG캐릭터는 해당 [Part 03 원더 스튜디오 활용하기]에서 편집한 자료를 사용하고, 렌더 설정 단계에서는 [Clean Plate]와 [UE Scene]을 활성화한 후에 [Start Processing] 버튼을 눌러 렌더링을 진행한다.

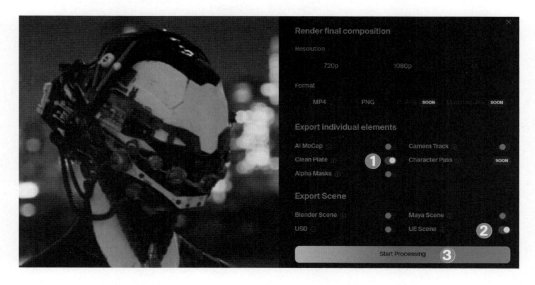

렌더링이 끝난 프로젝트는 ❶[My Projects] 메뉴에서 ❷[영상]을 클릭하여 확인한 후, 하단의 ❸[Export Scene(s)]에서 ❹[UE Scene]를 클릭하여 언리얼 엔진용 내보내기 파일을 저장한다.

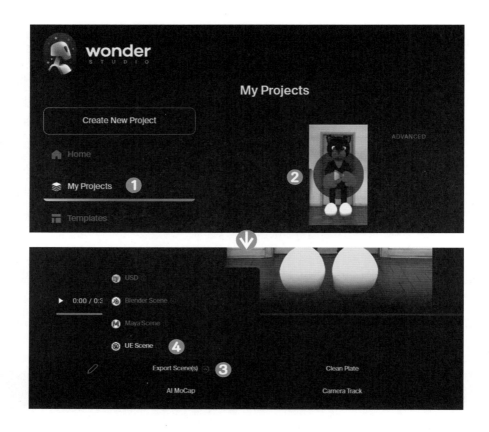

추가로 이미지 시퀀스 재생을 위해 [Clean Plate]를 클릭하여 본 영상에서 배우만 지워져 있는 배경 이미지 파일도 함께 저장한다.

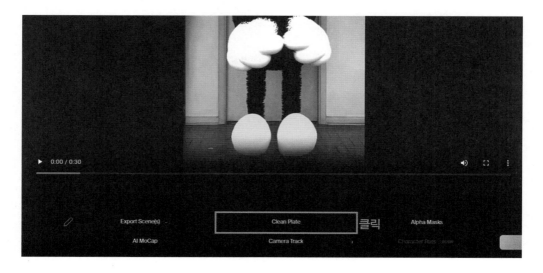

두 개의 파일을 모두 저장했으면 다운로드 폴더에서 ❶[output_full_scenes_files_UE.zip] 파일의 압축을 푼다. 그리고 압축을 푼 폴더로 들어가서 ❷[WD_Project.uproject]를 실행시키면 언리얼 엔진으로 불러올 수 있다. 이 과정에서는 언리얼 엔진이 설치되어 있는 상태여야 한다. 언리얼 엔진으로 실행시킬 때에는 크래시(충돌)가 일어나 갑작스레 꺼지는 현상을 막기 위해 GPU 메모리가 부족하지 않은지 또는 최신 드라이버로 설치하였는지 확인하도록 한다.

이제 언리얼을 실행한 후 애니메이션과 조명, 카메라 데이터가 잘 실행되는지 확인해 보자. 하단 콘텐츠 브라우저에서 좌측의 ❶[WD_Assets] 파일로 들어간 후, ❷[Main World] 맵을 더블클릭하여 실행한다.

이어서 ❶[MainSequence]도 더블클릭하여 시퀀스 창을 활성화한 후, 상단의 [카메라 컷]에서 ❷[카메라] 아이콘을 클릭하여 뷰포트에서 확인할 수 있도록 설정한다.

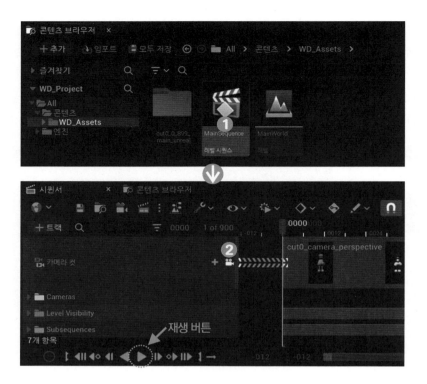

좌측 하단의 [재생(위 그림 참고)] 버튼을 클릭하면 애니메이션이 실행되는 것을 확인할 수 있다.

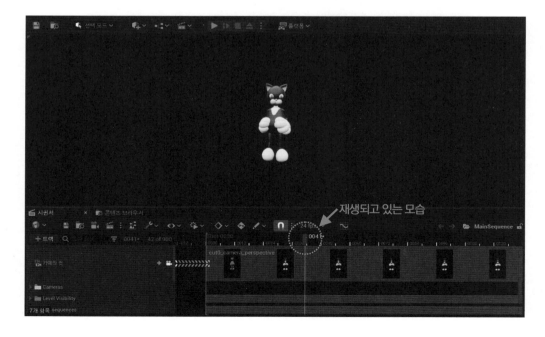

원더 스튜디오에서 내보낸 언리얼 파일을 실행시키면 캐릭터와 캐릭터의 모션까지
는 잘 표현이 되지만, 뒤의 배경이 없음을 확인할 수 있다. 이는 원더 스튜디오에서
제공하는 이미지 시퀀스 파일을 불러와서 따로 업로드해야 한다. 배경을 만들기 위
해 다운로드 폴더에서 이전에 저장한 [clean_plates.zip] 파일의 압축을 풀어 놓는다.

clean_plates.zip

이제 언리얼의 ❶[콘텐츠 브라우저]에서 좌측의 ❷[콘텐츠] 폴더를 클릭하여 들어간 후, 상단의 ❸❹
[+추가] – [새 폴더]를 선택한다. 이때, 생성한 새 폴더의 이름은 ❺[Movies]로 변경한다.

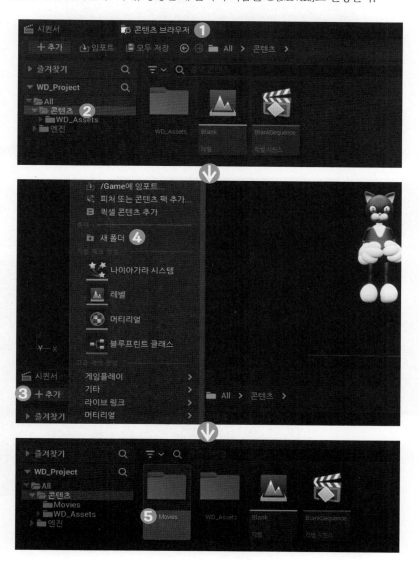

생성한 [Movies] 폴더는 [우측쪽 마우스 버튼] – [탐색기에서 표시]를 선택하여 해당 폴더의 창을 띄운다.

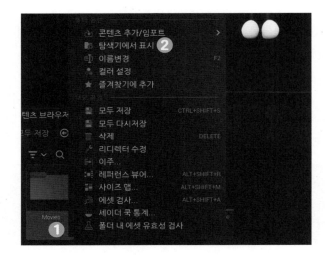

앞서 압축을 푼 ❶[clean_plates] 폴더의 이미지들을 모두 선택한 후, ❷[Movies] 폴더에 끌어다 놓는다.

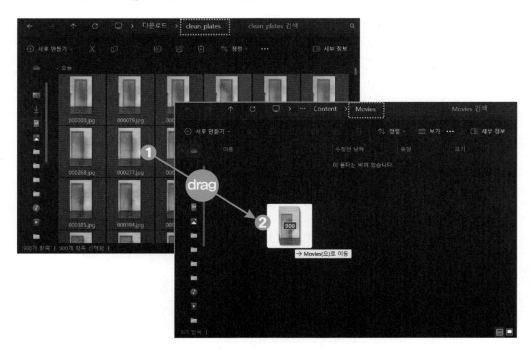

이미지를 폴더에 넣은 후, 언리얼로 돌아오면 우측 하단의 자동 임포트에 대한 창이 뜬다. 여기서 [임포

트 않음]을 클릭한다. 프로젝트에 이미지를 임포트하기 보다 프로젝트 디렉터리 내 위치에 대한 레퍼런스만 필요하기 때문이다.

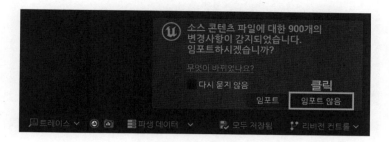

이어서 ❶[Movies] 폴더에서 [우측 마우스 버튼]을 클릭한 후, ❷❸[미디어] – [이미지 미디어 소스]를 선택한다. 여기서 생성한 이미지 미디어 소스 에셋의 이름은 ❹[MyImageSequence]로 변경한다.

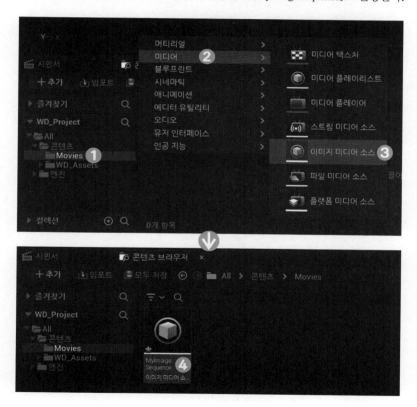

생성한 ❶[이미지 미디어 소스] 에셋을 실행한 후, 우측의 시퀀스 경로에서 ❷[…]을 클릭한다.

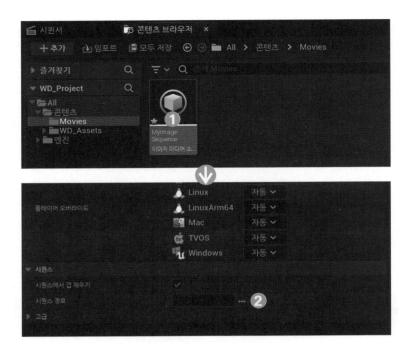

열기창이 열리면 [Movies] 폴더에 있는 이미지 시퀀스 중 가장 ❶[첫 번째 번호] 이미지를 선택한 뒤에 ❷ [열기]를 누른다. 시퀀스 경로까지 지정했으면 해당 에셋 ❸[창]은 닫는다.

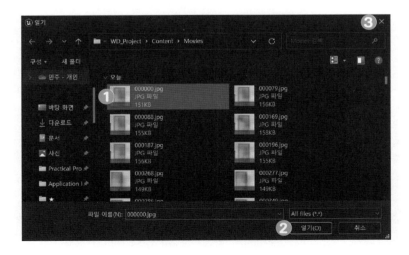

다시 ❶[Movies] 폴더에서 [우측 마우스 버튼]를 누른 후, 이번엔 ❷❸[미디어] – [미디어 플레이어]를 선택한다. 그리고 미디어 플레이어 생성 창에서 ❹[비디오가 미디어 텍스처 에셋 출력]을 체크하여 활성화

한 뒤, ❺[확인]을 클릭한다. 이 옵션을 활성화해야 이미지 시퀀스 재생에 사용될 미디어 플레이어에 연결된 미디어 텍스처 에셋로 자동 생성 및 할당할 수 있다.

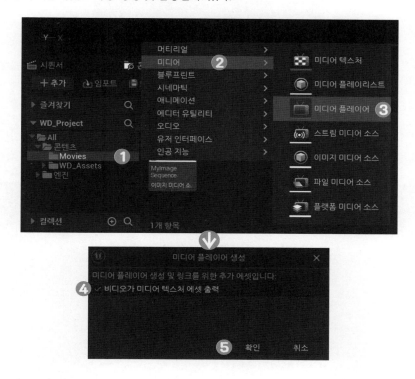

생성한 미디어 플레이어의 이름은 ❶[MyPlayer]로 변경한다. 이름을 변경하면 자동으로 미디어 텍스처 이름도 [MyPlayer_Video]로 변경된다. 이름까지 지정했으면 ❷[MyPlayer]를 더블클릭하여 실행한다.

미디어 에디터 안에서 우측 디테일 패널의 [루프]를 체크하여 활성화한다. 이를 활성화해야 이미지 시퀀스를 무한 반복 재생된다.

미디어 애디터 하단의 [MyImageSequence] 에셋을 더블클릭하면 이미지 시퀀스가 재생된다. 시퀀스가 재생되는 것까지 확인하였으면 해당 에디터를 닫는다.

이제 해당 이미지 시퀀스를 캐릭터 뒤의 배경으로 적용해보자. 콘텐츠 브라우저에서 ❶[WD_Assets] 폴더로 들어간 후, ❷[MainWorld] 맵을 더블클릭하여 실행한다. 이때, 생성되는 창에서 ❸[선택 저장]을 눌러서 미디어 에셋을 저장한다.

❶[MainSequence]를 더블클릭하여 시퀀스 창을 열어 준 후, 상단의 카메라 컷에서 ❷[카메라] 아이콘을 클릭하여 뷰포트에 화면을 띄운다.

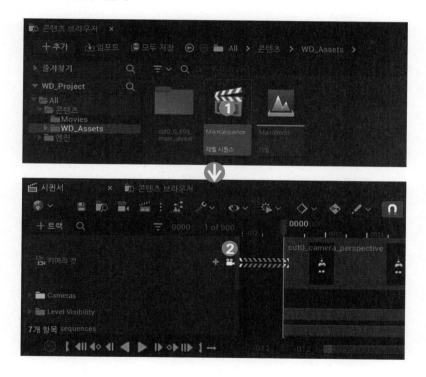

캐릭터 뒤에 배경을 넣기 위해 평면 오브젝트를 생성해 보자. 뷰포트 상단의 ❶[추가] 메뉴에서 ❷❸[셰이프] − [평면]을 클릭한다.

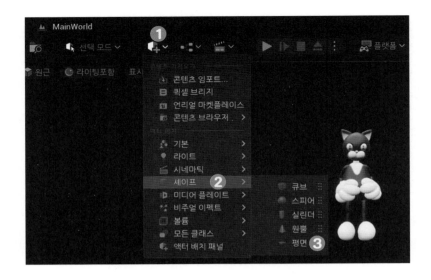

생성한 평면은 선택한 상태로 우측의 디테일 패널에서 트랜스 폼의 회전 X값을 [90], 스케일 X, Y값을 각각 [15, 25]로 설정한다.

각도와 크기를 설정했다면, ❶[콘텐츠 브라우저]에서 다시 ❷[Movies] 폴더로 들어간 후, ❸ [MyPlayer_Video] 에셋을 끌어서 [평면] 오브젝트 위에 갖다 놓는다. 그러면 미디어 텍스처를 사용한 머티리얼이 자동으로 생성되어 평면에 이미지 시퀀스가 재생된다.

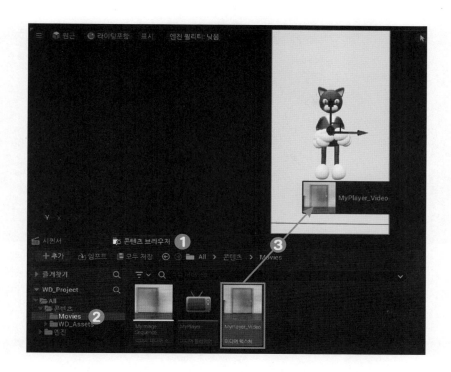

여기서 추가로 게임 플레이가 시작되면, 이미지 소스 에셋을 열어 재생을 시작하도록 설정해 보자. 뷰포트 상단의 ❶[블루프린트] 메뉴에서 ❷[레벨 블루프린트 열기]를 클릭한다.

실행한 블루프린트 창 좌측의 [내 블루프린트]에서 변수의 ❶[+] 아이콘을 클릭한 뒤, ❷[MediaPlayer]라는 이름의 새로운 변수를 생성한다. 그리고 생성한 변수는 우측의 디테일 패널에서 변수 타입을 ❸[미디어 플레이어]로 설정한다. 이때, 검색 창을 이용해서 찾는 것을 추천한다.

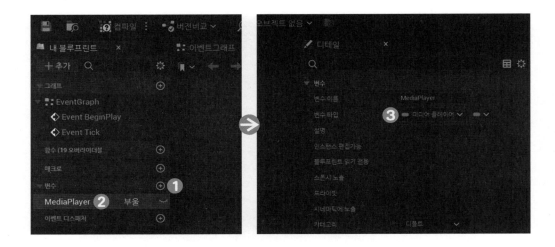

블루프린트 창의 좌측 상단에서 ❶[컴파일]을 클릭한 후, 우측의 디테일 패널의 기본 값 메뉴에서 Media Player를 ❷[MyPlayer]로 설정한다. 기본 값은 무조건 컴파일을 해야 할당 가능하다.

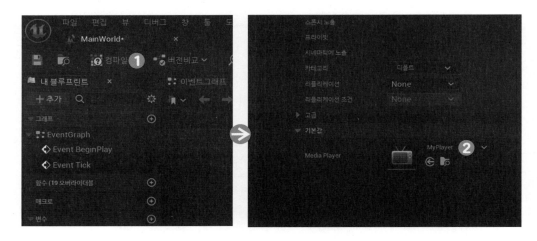

이제 블루프린트에서 생성한 [MediaPlayer] 변수를 [Ctrl] 키를 누른 상태로 끌어서 그래프에 갖다 놓는다.

그래프에 생성한 ❶[MediaPlayer] 노드의 우측 부분을 드래그하여 빈 그래프 화면에 갖다 놓은 뒤, 검색을 통해 ❷[Open Source] 노드를 생성하고 ❸[Target]과 연결한다.

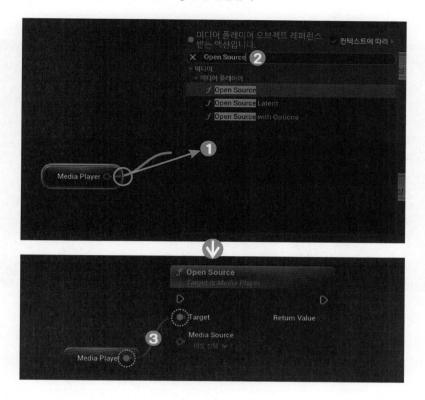

[Open Source] 노드를 생성하고 연결했다면, 그래프에 놓여 있는 ❶[Event BeginPlay] 노드를 끌어와서 그림과 같이 [Open Source] 노드와 연결한다. 그리고 마지막으로 Open Source 노드에서 ❷[Media Source]를 ❸[MyImageSequence]로 설정한다.

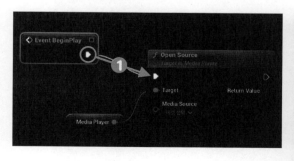
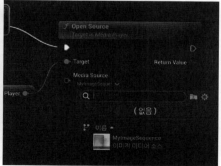

이렇게 세 개의 노드를 연결하고 설정까지 마쳤다면 ❶[컴파일]을 클릭하여 저장한 뒤, 해당 블루프린트 창을 닫는다. 추가로 디테일하게 설정하기 위해 배경인 평면 오브젝트의 ❷[위치, 회전, 스케일] 값을 조절하여 원하는 형태로 변경한다.

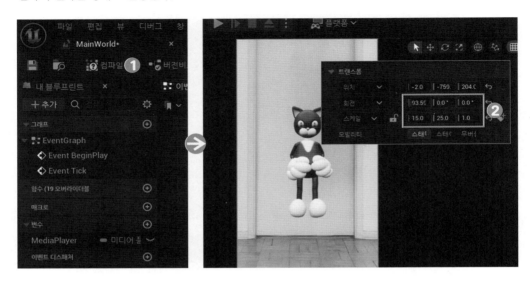

❶[캐릭터]를 더블클릭한 뒤, 우측 디테일 패널에서 ❷[wsWonderStudioCatCharacteroutput_id1_3] 컴포넌트를 선택한다. 이어서 ❸[위치] 값을 조정하여 카메라에 비춰지는 캐릭터의 위치와 크기 변경한다.

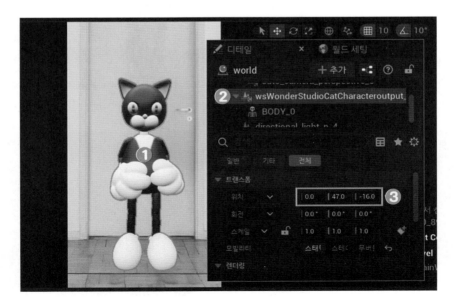

이제 상단의 에디터에서 [재생] 버튼을 누르면 이미지 시퀀스가 재생되는 것을 확인할 수 있다.

여기서 시퀀서 하단에 있는 [재생] 버튼까지 누르면, 애니메이션까지 재생되는 것을 볼 수 있다.

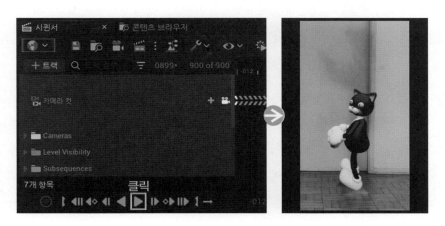

이것으로 블렌더 3D와 원더 스튜디오의 결합을 통해 응용하는 과정까지 알아보았다. 해당 과정에서 설명한 애니메이션, 게임 외에도 원더 스튜디오 플랫폼은 다양한 분야에서 이용할 수 있는 기능이 많으니, 본 단원을 통해 자신만의 사용법을 찾을 수 있는 기회가 되었기를 바란다. 또한, 필자가 운영하는 [쓰리디 굽는 카페인] 유튜브 채널을 통해 업데이트되는 새로운 기능들에 대해서도 꾸준히 살펴보기 바란다.

에필로그

블렌더 3D와 원더 스튜디오를 통한 새로운 도전

AI와 3D 기술은 끊임없는 발전 속에서 현대 사회의 중추적인 트렌드로 자리 잡았다. 이러한 기술의 빠른 진화는 우리에게 새로운 지식을 지속적으로 학습하고, 그 학습을 실생활에 적용할 수 있는 능력을 요구한다. 이 책은 바로 그러한 요구에 응답하기 위해 탄생했다. AI 플랫폼 '원더 스튜디오'와 널리 사랑받는 3D 프로그램 '블렌더'의 결합을 통해, 독자들에게 지식의 깊이를 늘리고 다양한 응용 과정을 탐색할 수 있는 기회를 제공한다.

원더 스튜디오와 블렌더는 꾸준한 업데이트와 함께 새롭게 추가되는 기능들로 끊임없이 진화한다. 이는 사용자에게 더욱 향상된 기능성과 사용의 편리함을 제공하기 위한 것이다. 본 도서를 통해 독자들이 처음으로 기술을 배우는 데 있어 느낄 수 있는 두려움을 넘어서, 학습의 길에 가볍게 발을 딛을 수 있기를 소망한다. 이 책은 단순히 기술적인 지식을 전달하는 데 그치지 않고, 독자들이 기초에서부터 다양한 응용 방법을 습득하며 자신만의 창작물을 만들어낼 수 있는 힘을 길러주기 위해 고안되었다.

독자들이 이 책을 통해 배운 지식을 토대로, 나아가 자신만의 독특한 방식으로 기술을 익히고 적용해 나갈 수 있는 능력을 키울 수 있기를 바라며, 우리가 마주한 이 기술적 혁신의 시대에서, 이 책이 독자들에게 빛나는 길잡이가 되어, 각자의 창조적 여정에서 획기적인 발걸음을 내딛는 데 도움을 주기를 진심으로 희망한다. 이 책은 단지 시작에 불과하며, 여러분의 손에서 무한한 가능성으로 확장되길 간절히 바란다.